„Bücher sind wie Fallschirme. Sie nützen uns nichts, wenn wir sie nicht öffnen."

**Gröls Verlag**

## Redaktionelle Hinweise und Impressum

Das vorliegende Werk wurde zugunsten der Authentizität sehr zurückhaltend bearbeitet. So wurden etwa ursprüngliche Rechtschreibfehler *nicht* systematisch behoben, denn kleine Unvollkommenheiten machen das Buch – wie im Übrigen den Menschen – erst authentisch. Mitunter wurden jedoch zum Beispiel Absätze behutsam neu getrennt, um den Lesefluss zu erleichtern.

Um die Texte zu rekonstruieren, werden antiquarische Bücher von Lesegeräten gescannt und dann durch eine Software lesbar gemacht. Der so entstandene Text wird von Menschen gegengelesen und korrigiert – hierbei treten auch Fehler auf. Wenn Sie ebenfalls antiquarische Texte einreichen möchten, finden Sie weitere Informationen auf www.groels.de

Viel Freude bei der Lektüre wünscht Ihnen das Team des Gröls-Verlags.

**Adressen**

Verleger: Sophia Gröls, Im Borngrund 26, 61440 Oberursel

Externer Dienstleister für Distribution & Herstellung: BoD, In de Tarpen 42, 22848 Norderstedt

**Unsere „Edition | Werke der Weltliteratur“** hat den Anspruch, eine der größten und vollständigsten Sammlungen klassischer Literatur in deutscher Sprache zu sein. Nach und nach versammeln wir hier nicht nur die „üblichen Verdächtigen“ von Goethe bis Schiller, sondern auch Kleinode der vergangenen Jahrhunderte, die – zu Unrecht – drohen, in Vergessenheit zu geraten. Wir kultivieren und kuratieren damit einen der wertvollsten Bereiche der abendländischen Kultur. Kleine Auswahl:

**Francis Bacon** • Neues Organon • **Balzac** • Glanz und Elend der Kurtisanen • **Joachim H. Campe** • Robinson der Jüngere • **Dante Alighieri** • Die Göttliche Komödie • **Daniel Defoe** • Robinson Crusoe • **Charles Dickens** • Oliver Twist • **Denis Diderot** • Jacques der Fatalist • **Fjodor Dostojewski** • Schuld und Sühne • **Arthur Conan Doyle** • Der Hund von Baskerville • **Marie von Ebner-Eschenbach** • Das Gemeindekind • **Elisabeth von Österreich** • Das Poetische Tagebuch • **Friedrich Engels** • Die Lage der arbeitenden Klasse • **Ludwig Feuerbach** • Das Wesen des Christentums • **Johann G. Fichte** • Reden an die deutsche Nation • **Fitzgerald** • Zärtlich ist die Nacht • **Flaubert** • Madame Bovary • **Gorch Fock** • Seefahrt ist not! • **Theodor Fontane** • Effi Briest • **Robert Musil** • Über die Dummheit • **Edgar Wallace** • Der Frosch mit der Maske • **Jakob Wassermann** • Der Fall Maurizius • **Oscar Wilde** • Das Bildnis des Dorian Grey • **Émile Zola** • Germinal • **Stefan Zweig** • Schachnovelle • **Hugo von Hofmannsthal** • Der Tor und der Tod • **Anton Tschechow** • Ein Heiratsantrag • **Arthur Schnitzler** • Reigen • **Friedrich Schiller** • Kabale und Liebe • **Nicolo Machiavelli** • Der Fürst • **Gotthold E. Lessing** • Nathan der Weise • **Augustinus** • Die Bekenntnisse des heiligen Augustinus • **Marcus Aurelius** • Selbstbetrachtungen • **Charles Baudelaire** • Die Blumen des Bösen • **Harriett Stowe** • Onkel Toms Hütte • **Walter Benjamin** • Deutsche Menschen • **Hugo Bettauer** • Die Stadt ohne Juden • **Lewis Caroll** • *und viele mehr….*

# Wilhelm von Humboldt

# Ideen zu einem Versuch, die Grenzen der Wirksamkeit des Staats zu bestimmen

## Inhalt

# I

Wenn man die merkwürdigsten Staatsverfassungen mit einander und mit ihnen die Meinungen der bewährtesten Philosophen und Politiker vergleicht, so wundert man sich vielleicht nicht mit Unrecht, eine Frage so wenig vollständig behandelt und so wenig genau beantwortet zu finden, welche doch zuerst die Aufmerksamkeit an sich zu ziehen scheint, die Frage nämlich: zu welchem Zweck die ganze Staatseinrichtung hinarbeiten und welche Schranken sie ihrer Wirksamkeit setzen soll. Den verschiedenen Anteil, welcher der Nation oder einzelnen ihrer Teile an der Regierung gebührt, zu bestimmen, die mannigfaltigen Zweige der Staatsverwaltung gehörig zu verteilen und die nötigen Vorkehrungen zu treffen, daß nicht ein Teil die Rechte des andren an sich reiße, damit allein haben sich fast alle beschäftigt, welche selbst Staaten umgeformt oder Vorschläge zu politischen Reformationen gemacht haben. Dennoch müßte man, dünkt mich, bei jeder neuen Staatseinrichtung zwei Gegenstände vor Augen haben, von welchen beiden keiner ohne großen Nachteil übersehen werden dürfte: einmal die Bestimmung des herrschenden und dienenden Teils der Nation und alles dessen, was zur wirklichen Einrichtung der Regierung gehört, dann die Bestimmung der Gegenstände, auf welche die einmal eingerichtete Regierung ihre Tätigkeit zugleich ausbreiten und einschränken muß. Dies letztere, welches eigentlich in das Privatleben der Bürger eingreift und das Maß ihrer freien ungehemmten Wirksamkeit bestimmt, ist in der Tat das wahre, letzte Ziel, das erstere nur ein notwendiges Mittel, dies zu erreichen. Wenn indes dennoch der Mensch dies erstere mit mehr angestrengter Aufmerksamkeit verfolgt, so bewährt er dadurch den gewöhnlichen Gang seiner Tätigkeit. Nach *einem* Ziele streben und dies Ziel mit Aufwand physischer und moralischer Kraft erringen, darauf beruht das Glück des rüstigen, kraftvollen Menschen. Der Besitz, welcher die angestrengte Kraft der Ruhe übergibt, reizt nur in der täuschenden Phantasie. Zwar existiert in der Lage des Menschen, wo die Kraft immer zur Tätigkeit gespannt ist und die Natur um ihn her immer zur Tätigkeit reizt, Ruhe und Besitz in diesem Verstande nur in der Idee. Allein dem einseitigen Menschen ist Ruhe auch Aufhören *einer* Äußerung, und dem Ungebildeten gibt *ein* Gegenstand nur zu wenigen Äußerungen Stoff. Was man daher von dem Überdruß am Besitze, besonders im Gebiete der feineren Empfindungen, sagt, gilt ganz und gar nicht von dem Ideale des Menschen, welches die Phantasie zu bilden vermag, im vollesten Sinne von dem ganz Ungebildeten und in immer geringerem Grade, je näher immer höhere Bildung jenem Ideale führt. Wie folglich, nach dem Obigen, den Eroberer der Sieg höher freut als das errungene Land, wie den Reformator die gefahrvolle Unruhe der Reformation höher als der ruhige Genuß ihrer Früchte, so ist dem Menschen überhaupt Herrschaft reizender als Freiheit oder wenigstens Sorge für Erhaltung der Freiheit reizender als Genuß derselben. Freiheit ist gleichsam nur die Möglichkeit einer unbestimmt mannigfaltigen Tätigkeit; Herrschaft, Regierung überhaupt zwar eine einzelne, aber wirkliche Tätigkeit. Sehnsucht nach Freiheit entsteht daher nur zu oft erst aus dem Gefühle des Mangels derselben. Unleugbar bleibt es jedoch immer, daß die Untersuchung des Zwecks und der Schranken der Wirksamkeit des Staats eine große Wichtigkeit hat und vielleicht eine größere als irgendeine andre politische. Daß sie allein gleichsam den letzten Zweck aller Politik betrifft, ist schon eben bemerkt worden. Allein sie erlaubt auch eine leichtere und mehr ausgebreitete Anwendung. Eigentliche Staatsrevolutionen, andre Einrichtungen der Regierung sind nie ohne die Konkurrenz vieler, oft sehr zufälliger Umstände möglich und führen immer mannigfaltig nachteilige Folgen mit sich. Hingegen die Grenzen der Wirksamkeit mehr ausdehnen oder einschränken kann jeder Regent – sei es in demokratischen, aristokratischen oder monarchischen Staaten – still und unbemerkt, und er erreicht vielmehr seinen Endzweck nur um so sicherer, je mehr er auffallende Neuheit vermeidet. Die besten menschlichen Operationen sind diejenigen, welche die Operationen der Natur am getreuesten nachahmen. Nun aber bringt der Keim, welchen die Erde still und unbemerkt empfängt, einen reicheren und holderen Segen als der gewiß notwendige, aber immer auch mit Verderben begleitete Ausbruch tobender Vulkane. Auch ist keine andre Art der Reform unsrem Zeitalter so angemessen, wenn sich dasselbe wirklich mit Recht eines Vorzugs an Kultur und Aufklärung rühmt. Denn die wichtige Untersuchung der Grenzen der Wirksamkeit des Staats muß – wie sich leicht voraussehen läßt – auf höhere Freiheit der Kräfte und größere Mannigfaltigkeit der Situationen führen. Nun aber erfordert die Möglichkeit eines höheren Grades der Freiheit immer einen gleich hohen Grad der Bildung, und das geringere Bedürfnis, gleichsam in einförmigen, verbundenen Massen zu handeln, eine größere Stärke und einen mannigfaltigeren Reichtum der handlenden Individuen. Besitzt daher das gegenwärtige Zeitalter einen Vorzug an dieser Bildung, dieser Stärke und diesem Reichtum, so muß man ihm auch die Freiheit gewähren, auf welche derselbe mit Recht Anspruch macht. Ebenso sind die Mittel, durch welche die Reform zu bewirken stände, einer fortschreitenden Bildung, wenn wir eine solche annehmen, bei weitem angemessener. Wenn sonst das gezückte Schwert der Nation die physische Macht des Beherrschers beschränkt, so besiegt hier Aufklärung und Kultur seine Ideen und seinen Willen, und die umgeformte Gestalt der Dinge scheint mehr sein Werk als das Werk der Nation zu sein. Wenn es nun schon ein schöner, seelenerhebender Anblick ist, ein Volk zu sehen, das im vollen Gefühl seiner Menschen- und Bürgerrechte seine Fesseln zerbricht, so muß – weil, was Neigung oder Achtung für das Gesetz wirkt, schöner und erhebender ist, als was Not und Bedürfnis erpreßt – der Anblick eines Fürsten ungleich schöner und erhebender sein, welcher selbst die Fesseln löst und Freiheit gewährt und dies Geschäft nicht als Frucht seiner wohltätigen Güte, sondern als Erfüllung seiner ersten, unerläßlichen Pflicht betrachtet. Zumal da die Freiheit, nach welcher eine Nation durch Veränderung ihrer Verfassung strebt, sich zu der Freiheit, welche der einmal eingerichtete Staat geben kann, ebenso verhält als Hoffnung zum Genuß, Anlage zur Vollendung.

Wirft man einen Blick auf die Geschichte der Staatsverfassungen, so würde es sehr schwierig sein, in irgendeiner genau den Umfang zu zeigen, auf welchen sich ihre Wirksamkeit beschränkt, da man wohl in keiner hierin einem überdachten, auf einfachen Grundsätzen beruhenden Plane gefolgt ist. Vorzüglich hat man immer die Freiheit der Bürger aus einem zwiefachen Gesichtspunkte eingeengt, einmal aus dem Gesichtspunkte der Notwendigkeit, die Verfassung entweder einzurichten oder zu sichern; dann aus dem Gesichtspunkte der Nützlichkeit, für den physischen oder moralischen Zustand der Nation Sorge zu tragen. Je mehr oder weniger die Verfassung, an und für sich mit Macht versehen, andre Stützen brauchte, oder je mehr oder weniger die Gesetzgeber weit ausblickten, ist man bald mehr bei dem einen, bald bei dem andren Gesichtspunkte stehengeblieben. Oft haben auch beide Rücksichten vereint gewirkt. In den älteren Staaten sind fast alle Einrichtungen, welche auf das Privatleben der Bürger Bezug haben, im eigentlichsten Verstande politisch. Denn da die Verfassung in ihnen wenig eigentliche Gewalt besaß, so beruhte ihre Dauer vorzüglich auf dem Willen der Nation, und es mußte auf mannigfaltige Mittel gedacht werden, ihren Charakter mit diesem Willen übereinstimmend zu machen. Eben dies ist noch jetzt in kleinen republikanischen Staaten der Fall, und es ist daher völlig richtig, daß – aus diesem Gesichtspunkt allein die Sache betrachtet – die Freiheit des Privatlebens immer in eben dem Grade steigt, in welchem die öffentliche sinkt, da hingegen die Sicherheit immer mit dieser gleichen Schritt hält. Oft aber sorgten auch die älteren Gesetzgeber und immer die alten Philosophen im eigentlichsten Verstande für den Menschen, und da am Menschen der moralische Wert ihnen das Höchste schien, so ist z. B. Platos Republik, nach Rousseaus äußerst wahrer Bemerkung, mehr eine Erziehungs- als eine Staatsschrift. Vergleicht man hiermit die neuesten Staaten, so ist die Absicht, für den Bürger selbst und sein Wohl zu arbeiten, bei so vielen Gesetzen und Einrichtungen, die dem Privatleben eine oft sehr bestimmte Form geben, unverkennbar. Die größere innere Festigkeit unsrer Verfassungen, ihre größere Unabhängigkeit von einer gewissen Stimmung des Charakters der Nation, dann der stärkere Einfluß bloß denkender Köpfe – die ihrer Natur nach weitere und größere Gesichtspunkte zu fassen imstande sind –, eine Menge von Erfindungen, welche die gewöhnlichen Gegenstände der Tätigkeit der Nation besser bearbeiten oder benutzen lehren, endlich und vor allem gewisse Religionsbegriffe, welche den Regenten auch für das moralische und künftige Wohl der Bürger gleichsam verantwortlich machen, haben vereint dazu beigetragen, diese Veränderung hervorzubringen. Geht man aber der Geschichte einzelner Polizeigesetze und Einrichtungen nach, so findet man oft ihren Ursprung in dem bald wirklichen, bald angeblichen Bedürfnis des Staats, Abgaben von den Untertanen aufzubringen, und insofern kehrt die Ähnlichkeit mit den älteren Staaten zurück, indem insofern diese Einrichtungen gleichfalls auf die Erhaltung der Verfassung abzwecken. Was aber diejenigen Einschränkungen betrifft, welche nicht sowohl den Staat als die Individuen, die ihn ausmachen, zur Absicht haben, so ist und bleibt ein mächtiger Unterschied zwischen den älteren und neueren Staaten. Die alten sorgten für die Kraft und Bildung des Menschen als Menschen; die neueren für seinen Wohlstand, seine Habe und seine Erwerbfähigkeit. Die alten suchten Tugend, die neueren Glückseligkeit. Daher waren die Einschränkungen der Freiheit in den älteren Staaten auf der einen Seite drückender und gefährlicher. Denn sie griffen geradezu an, was des Menschen eigentümliches Wesen ausmacht, sein inneres Dasein; und daher zeigen alle älteren Nationen eine Einseitigkeit, welche (den Mangel an feinerer Kultur und an allgemeinerer Kommunikation noch abgerechnet) großenteils durch die fast überall eingeführte gemeinschaftliche Erziehung und das absichtlich eingerichtete gemeinschaftliche Leben der Bürger überhaupt hervorgebracht und genährt wurde. Auf der andren Seite erhielten und erhöheten aber auch alle diese Staatseinrichtungen bei den alten die tätige Kraft des Menschen. Selbst der Gesichtspunkt, den man nie aus den Augen verlor, kraftvolle und genügsame Bürger zu bilden, gab dem Geiste und dem Charakter einen höheren Schwung. Dagegen wird zwar bei uns der Mensch selbst unmittelbar weniger beschränkt, als vielmehr die Dinge um ihn her eine einengende Form erhalten, und es scheint daher möglich, den Kampf gegen diese äußeren Fesseln mit innerer Kraft zu beginnen. Allein schon die Natur der Freiheitsbeschränkungen unsrer Staaten, daß ihre Absicht bei weitem mehr auf das geht, was der Mensch besitzt, als auf das, was er ist, und daß selbst in diesem Fall sie nicht – wie die alten – die physische, intellektuelle und moralische Kraft nur, wenngleich einseitig, üben, sondern vielmehr ihr bestimmende Ideen als Gesetze aufdringen, unterdrückt die Energie, welche gleichsam die Quelle jeder tätigen Tugend und die notwendige Bedingung zu einer höheren und vielseitigeren Ausbildung ist. Wenn also bei den älteren Nationen größere Kraft für die Einseitigkeit schadlos hielt, so wird in den neueren der Nachteil der geringeren Kraft noch durch Einseitigkeit erhöht. Überhaupt ist dieser Unterschied zwischen den alten und neueren überall unverkennbar. Wenn in den letzteren Jahrhunderten die Schnelligkeit der gemachten Fortschritte, die Menge und Ausbreitung künstlicher Erfindungen, die Größe der gegründeten Werke am meisten unsre Aufmerksamkeit an sich zieht, so fesselt uns in dem Altertum vor allem die Größe, welche immer mit dem Leben *eines* Menschen dahin ist, die Blüte der Phantasie, die Tiefe des Geistes, die Stärke des Willens, die Einheit des ganzen Wesens, welche allein dem Menschen wahren Wert gibt. Der Mensch, und zwar seine Kraft und seine Bildung, war es, welche jede Tätigkeit rege machte; bei uns ist es nur zu oft ein ideelles Ganze, bei dem man die Individuen beinah zu vergessen scheint, oder wenigstens nicht ihr inneres Wesen, sondern ihre Ruhe, ihr Wohlstand, ihre Glückseligkeit. Die alten suchten die Glückseligkeit in der Tugend, die neueren sind nur zu lange diese aus jener zu entwickeln bemüht gewesen; und der selbst, welcher die Moralität in ihrer höchsten Reinheit sah und darstellte, glaubt, durch eine sehr künstliche Maschinerie seinem Ideal des Menschen die Glückseligkeit, wahrlich mehr wie eine fremde Belohnung als wie ein eigen errungenes Gut, zuführen zu müssen. Ich verliere kein Wort über diese Verschiedenheit. Ich schließe nur mit einer Stelle aus Aristoteles' Ethik: „Was einem jeden, seiner Natur nach, eigentümlich ist, ist ihm das Beste und Süßeste. Daher auch den Menschen das Leben nach der Vernunft, wenn nämlich darin am meisten der Mensch besteht, am meisten beseligt.

Schon mehr als *einmal* ist unter den Staatsrechtslehrern gestritten worden, ob der Staat allein Sicherheit oder überhaupt das ganze physische und moralische Wohl der Nation beabsichten müsse. Sorgfalt für die Freiheit des Privatlebens hat vorzüglich auf die erstere Behauptung geführt; indes die natürliche Idee, daß der Staat mehr als allein Sicherheit gewähren könne und ein Mißbrauch in der Beschränkung der Freiheit wohl möglich, aber nicht notwendig sei, der letzteren das Wort redete. Auch ist diese unleugbar sowohl in der Theorie als in der Ausführung die herrschende. Dies zeigen die meisten Systeme des Staatsrechts, die neueren philosophischen Gesetzbücher und die Geschichte der Verordnungen der meisten Staaten. Ackerbau, Handwerke, Industrie aller Art, Handel, Künste und Wissenschaften selbst, alles erhält Leben und Lenkung vom Staat. Nach diesen Grundsätzen hat das Studium der Staatswissenschaften eine veränderte Gestalt erhalten, wie Kameral- und Polizeiwissenschaft z. B. beweisen; nach diesen sind völlig neue Zweige der Staatsverwaltung entstanden, Kameral-, Manufaktur- und Finanz-Kollegia. So allgemein indes auch dieses Prinzip sein mag, so verdient es, dünkt mich, doch noch allerdings eine nähere Prüfung, und diese Prüfung muß von dem einzelnen Menschen und seinen höchsten Endzwecken ausgehen..."

## II

Der wahre Zweck des Menschen – nicht der, welchen die wechselnde Neigung, sondern welchen die ewig unveränderliche Vernunft ihm vorschreibt – ist die höchste und proportionierlichste Bildung seiner Kräfte zu einem Ganzen. Zu dieser Bildung ist Freiheit die erste und unerläßliche Bedingung. Allein außer der Freiheit erfordert die Entwickelung der menschlichen Kräfte noch etwas andres, obgleich mit der Freiheit eng Verbundenes: Mannigfaltigkeit der Situationen. Auch der freieste und unabhängigste Mensch, in einförmige Lagen versetzt, bildet sich minder aus. Zwar ist nun einesteils diese Mannigfaltigkeit allemal Folge der Freiheit, und andernteils gibt es auch eine Art der Unterdrückung, die, statt den Menschen einzuschränken, den Dingen um ihn her eine beliebige Gestalt gibt, so daß beide gewissermaßen eins und dasselbe sind. Indes ist es der Klarheit der Ideen dennoch angemessener, beide noch voneinander zu trennen. Jeder Mensch vermag auf *einmal* nur mit *einer* Kraft zu wirken, oder vielmehr sein ganzes Wesen wird auf *einmal* nur zu *einer* Tätigkeit gestimmt. Daher scheint der Mensch zur Einseitigkeit bestimmt, indem er seine Energie schwächt, sobald er sich auf mehrere Gegenstände verbreitet. Allein dieser Einseitigkeit entgeht er, wenn er die einzelnen, oft einzeln geübten Kräfte zu vereinen, den beinah schon verloschnen wie den erst künftig hell aufflammenden Funken in jeder Periode seines Lebens zugleich mitwirken zu lassen und statt der Gegenstände, auf die er wirkt, die Kräfte, womit er wirkt, durch Verbindung zu vervielfältigen strebt. Was hier gleichsam die Verknüpfung der Vergangenheit und der Zukunft mit der Gegenwart wirkt, das wirkt in der Gesellschaft die Verbindung mit andren. Denn auch durch alle Perioden des Lebens erreicht jeder Mensch dennoch nur *eine* der Vollkommenheiten, welche gleichsam den Charakter des ganzen Menschengeschlechts bilden. Durch Verbindungen also, die aus dem Innren der Wesen entspringen, muß einer den Reichtum des andren sich eigen machen. Eine solche charakterbildende Verbindung ist, nach der Erfahrung aller, auch sogar der rohesten Nationen, z. B. die Verbindung der beiden Geschlechter. Allein wenn hier der Ausdruck sowohl der Verschiedenheit als der Sehnsucht nach der Vereinigung gewissermaßen stärker ist, so ist beides darum nicht minder stark, nur schwerer bemerkbar, obgleich eben darum auch mächtiger wirkend, auch ohne alle Rücksicht auf jene Verschiedenheit und unter Personen desselben Geschlechts. Diese Ideen, weiter verfolgt und genauer entwickelt, dürften vielleicht auf eine richtigere Erklärung des Phänomens der Verbindungen führen, welche bei den Alten, vorzüglich den Griechen, selbst die Gesetzgeber benutzten und die man oft zu unedel mit dem Namen der gewöhnlichen Liebe und immer unrichtig mit dem Namen der bloßen Freundschaft belegt hat. Der bildende Nutzen solcher Verbindungen beruht immer auf dem Grade, in welchem sich die Selbständigkeit der Verbundenen zugleich mit der Innigkeit der Verbindung erhält. Denn wenn ohne diese Innigkeit der eine den andren nicht genug aufzufassen vermag, so ist die Selbständigkeit notwendig, um das Aufgefaßte gleichsam in das eigne Wesen zu verwandeln. Beides aber erfordert Kraft der Individuen und eine Verschiedenheit, die, nicht zu groß, damit einer den andren aufzufassen vermöge, auch nicht zu klein ist, um einige Bewundrung dessen, was der andre besitzt, und den Wunsch rege zu machen, es auch in sich überzutragen. Diese Kraft nun und diese mannigfaltige Verschiedenheit vereinen sich in der Originalität, und das also, worauf die ganze Größe des Menschen zuletzt beruht, wonach der einzelne Mensch ewig ringen muß und was der, welcher auf Menschen wirken will, nie aus den Augen verlieren darf, ist Eigentümlichkeit der Kraft und der Bildung. Wie diese Eigentümlichkeit durch Freiheit des Handlens und Mannigfaltigkeit der Handlenden gewirkt wird, so bringt sie beides wiederum hervor. Selbst die leblose Natur, welche nach ewig unveränderlichen Gesetzen einen immer gleichmäßigen Schritt hält, erscheint dem eigengebildeten Menschen eigentümlicher. Er trägt gleichsam sich selbst in sie hinüber, und so ist es im höchsten Verstande wahr, daß jeder immer in eben dem Grade Fülle und Schönheit außer sich wahrnimmt, in welchem er beide im eignen Busen bewahrt. Wieviel ähnlicher aber noch muß die Wirkung der Ursache da sein, wo der Mensch nicht bloß empfindet und äußere Eindrücke auffaßt, sondern selbst tätig wird?

Versucht man es, diese Ideen durch nähere Anwendungen auf den einzelnen Menschen noch genauer zu prüfen, so reduziert sich in diesem alles auf Form und Materie. Die reinste Form mit der leichtesten Hülle nennen wir Idee, die am wenigsten mit Gestalt begabte Materie sinnliche Empfindung. Aus der Verbindung der Materie geht die Form hervor. Je größer die Fülle und Mannigfaltigkeit der Materie, je erhabener die Form. Ein Götterkind ist nur die Frucht unsterblicher Eltern. Die Form wird wiederum gleichsam Materie einer noch schöneren Form. So wird die Blüte zur Frucht, und aus dem Samenkorn der Frucht entspringt der neue, von neuem blütenreiche Stamm. Je mehr die Mannigfaltigkeit zugleich mit der Feinheit der Materie zunimmt, desto höher die Kraft, denn desto inniger der Zusammenhang. Die Form scheint gleichsam in die Materie, die Materie in die Form verschmolzen; oder, um ohne Bild zu reden, je ideenreicher die Gefühle des Menschen und je gefühlvoller seine Ideen, desto unerreichbarer seine Erhabenheit. Denn auf diesem ewigen Begatten der Form und der Materie oder des Mannigfaltigen mit der

Einheit beruht die Verschmelzung der beiden im Menschen vereinten Naturen und auf dieser seine Größe. Aber die Stärke der Begattung hängt von der Stärke der Begattenden ab. Der höchste Moment des Menschen ist dieser Moment der Blüte. Die minder reizende, einfache Gestalt der Frucht weist gleichsam selbst auf die Schönheit der Blüte hin, die sich durch sie entfalten soll. Auch eilt nur alles der Blüte zu. Was zuerst dem Samenkorn entsprießt, ist noch fern von ihrem Reiz. Der volle dicke Stengel, die breiten, auseinanderfallenden Blätter bedürfen noch einer mehr vollendeten Bildung. Stufenweise steigt diese, wie sich das Auge am Stamme erhebt; zartere Blätter sehnen sich gleichsam, sich zu vereinigen, und schließen sich enger und enger, bis der Kelch das Verlangen zu stillen scheint. Indes ist das Geschlecht der Pflanzen nicht von dem Schicksal gesegnet. Die Blüte fällt ab, und die Frucht bringt wieder den gleich rohen und gleich sich verfeinernden Stamm hervor. Wenn im Menschen die Blüte welkt, so macht sie nur jener schöneren Platz, und den Zauber der schönsten birgt unsrem Auge erst die ewig unerforschbare Unendlichkeit. Was nun der Mensch von außen empfängt, ist nur Samenkorn. Seine energische Tätigkeit muß es, seis auch das schönste, erst auch zum segenvollsten für ihn machen. Aber wohltätiger ist es ihm immer in dem Grade, in welchem es kraftvoll und eigen in sich ist. Das höchste Ideal des Zusammenexistierens menschlicher Wesen wäre mir dasjenige, in dem jedes nur aus sich selbst und um seiner selbst willen sich entwickelte. Physische und moralische Natur würden diese Menschen schon noch aneinander führen, und wie die Kämpfe des Kriegs ehrenvoller sind als die der Arena, wie die Kämpfe erbitterter Bürger höheren Ruhm gewähren als die getriebener Mietsoldaten, so würde auch das Ringen der Kräfte dieser Menschen die höchste Energie zugleich beweisen und erzeugen.

Ist es nicht eben das, was uns an die Zeitalter Griechenlands und Roms, und jedes Zeitalter allgemein an ein entfernteres, hingeschwundnes, so namenlos fesselt? Ist es nicht vorzüglich, daß diese Menschen härtere Kämpfe mit dem Schicksal, härtere mit Menschen zu bestehen hatten? daß die größere ursprüngliche Kraft und Eigentümlichkeit einander begegnete und neue wunderbare Gestalten schuf? Jedes folgende Zeitalter

– und in wieviel schnelleren Graden muß dies Verhältnis von jetzt an steigen? – muß den vorigen an Mannigfaltigkeit nachstehen, an Mannigfaltigkeit der Natur – die ungeheuren Wälder sind ausgehauen, die Moräste getrocknet usf. –, an Mannigfaltigkeit der Menschen, durch die immer größere Mitteilung und Vereinigung der menschlichen Werke, durch die beiden vorigen Gründe. Dies ist eine der vorzüglichsten Ursachen, welche die Idee des Neuen, Ungewöhnlichen, Wunderbaren so viel seltner, das Staunen, Erschrecken beinah zur Schande und die Erfindung neuer, noch unbekannter Hilfsmittel, selbst nur plötzliche, unvorbereitete und dringende Entschlüsse bei weitem seltner notwendig macht. Denn teils ist das Andringen der äußeren Umstände gegen den Menschen, welcher mit mehr Werkzeugen, ihnen zu begegnen, versehen ist, minder groß; teils ist es nicht mehr gleich möglich, ihnen allein durch diejenigen Kräfte Widerstand zu leisten, welche die Natur jedem gibt und die er nur zu benutzen braucht; teils endlich macht das ausgebreitetere Wissen das Erfinden weniger notwendig, und das Lernen stumpft selbst die Kraft dazu ab. Dagegen ist es unleugbar, daß, wenn die physische Mannigfaltigkeit geringer wurde, eine bei weitem reichere und befriedigendere intellektuelle und moralische an ihre Stelle trat und daß Gradationen und Verschiedenheiten von unsrem mehr verfeinten Geiste wahrgenommen und unsrem, wenngleich nicht ebenso stark gebildeten, doch reizbaren kultivierten Charakter ins praktische Leben übergetragen werden, die auch vielleicht den Weisen des Altertums oder doch wenigstens nur ihnen nicht unbemerkt geblieben wären. Es ist im ganzen Menschengeschlecht wie im einzelnen Menschen gegangen. Das Gröbere ist abgefallen, das Feinere ist geblieben. Und so wäre es ohne allen Zweifel segenvoll, wenn das Menschengeschlecht *ein* Mensch wäre oder die Kraft eines Zeitalters ebenso als seine Bücher oder Erfindungen auf das folgende überginge. Allein dies ist bei weitem der Fall nicht. Freilich besitzt nun auch unsre Verfeinerung eine Kraft, und die vielleicht jene gerade um den Grad ihrer Feinheit an Stärke übertrifft; aber es fragt sich, ob nicht die frühere Bildung durch das Gröbere immer vorangehen muß. Überall ist doch die Sinnlichkeit der erste Keim wie der lebendigste Ausdruck alles Geistigen. Und wenn es auch nicht hier der Ort ist, selbst nur den Versuch dieser Erörterung zu wagen, so folgt doch gewiß soviel aus dem Vorigen, daß man wenigstens diejenige Eigentümlichkeit und Kraft, nebst allen Nahrungsmitteln derselben, welche wir noch besitzen, sorgfältigst bewachen müsse.

Bewiesen halte ich demnach durch das Vorige, *daß die wahre Vernunft dem Menschen keinen andren Zustand als einen solchen wünschen kann, in welchem nicht nur jeder einzelne der ungebundensten Freiheit genießt, sich aus sich selbst in seiner Eigentümlichkeit zu entwickeln, sondern in welchem auch die physische Natur keine andre Gestalt von Menschenhänden empfängt, als ihr jeder einzelne nach dem Maße seines Bedürfnisses und seiner Neigung, nur beschränkt durch die Grenzen seiner Kraft und seines Rechts, selbst und willkürlich gibt*. Von diesem Grundsatz darf, meines Erachtens, die Vernunft nie mehr nachgeben, als zu seiner eignen Erhaltung selbst notwendig ist. Er mußte daher auch jeder Politik und besonders der Beantwortung der Frage, von der hier die Rede ist, immer zum Grunde liegen.

## III

In einer völlig allgemeinen Formel ausgedrückt, könnte man den wahren Umfang der Wirksamkeit des Staats alles dasjenige nennen, was er zum Wohl der Gesellschaft zu tun vermochte, ohne jenen eben ausgeführten Grundsatz zu verletzen; und es würde sich unmittelbar hieraus auch die nähere Bestimmung ergeben, daß jedes Bemühen des Staats verwerflich sei, sich in die Privatangelegenheiten der Bürger überall da einzumischen, wo dieselben nicht unmittelbaren Bezug auf die Kränkung der Rechte des einen durch den andren haben. Indes ist es doch, um die vorgelegte Frage ganz zu erschöpfen, notwendig, die einzelnen Teile der gewöhnlichen oder möglichen Wirksamkeit der Staaten genau durchzugehen.

Der Zweck des Staats kann nämlich ein doppelter sein; er kann Glück befördern oder nur Übel verhindern wollen, und im letzteren Fall Übel der Natur oder Übel der Menschen. Schränkt er sich auf das letztere ein, so sucht er nur Sicherheit, und diese Sicherheit sei es mir erlaubt, einmal allen übrigen möglichen Zwecken, unter dem Namen des positiven Wohlstandes vereint, entgegenzusetzen. Auch die Verschiedenheit der vom Staat angewendeten Mittel gibt seiner Wirksamkeit eine verschiedene Ausdehnung. Er sucht nämlich seinen Zweck entweder unmittelbar zu erreichen, seis durch Zwang – befehlende und verbietende Gesetze, Strafen – oder durch Ermunterung und Beispiel; oder mittelbar, indem er entweder der Lage der Bürger eine demselben günstige Gestalt gibt und sie gleichsam anders zu handlen hindert, oder endlich, indem er sogar, ihre Neigung mit demselben übereinstimmend zu machen, auf ihren Kopf oder ihr Herz zu wirken strebt. Im ersten Falle bestimmt er zunächst nur einzelne Handlungen, im zweiten schon mehr die ganze Handlungsweise und im dritten endlich Charakter und Denkungsart. Auch ist die Wirkung der Einschränkung im ersten Falle am kleinsten, im zweiten größer, im dritten am größesten, teils weil auf Quellen gewirkt wird, aus welchen mehrere Handlungen entspringen, teils weil die Möglichkeit der Wirkung selbst mehrere Veranstaltungen erfordert. So verschieden indes hier gleichsam die Zweige der Wirksamkeit des Staats scheinen, so gibt es schwerlich eine Staatseinrichtung, welche nicht zu mehreren zugleich gehörte, da z. B. Sicherheit und Wohlstand so sehr voneinander abhängen, und was auch nur einzelne Handlungen bestimmt, wenn es durch öftere Wiederkehr Gewohnheit hervorbringt, auf den Charakter wirkt. Es ist daher sehr schwierig, hier eine dem Gange der Untersuchung angemessene Einteilung des Ganzen zu finden. Am besten wird es indes sein, zuvörderst zu prüfen, ob der Staat auch den positiven Wohlstand der Nation oder bloß ihre Sicherheit abzwacken soll, bei allen Einrichtungen nur auf das zu sehen, was sie *hauptsächlich* zum Gegenstande oder zur Folge haben, und bei jedem beider Zwecke zugleich die Mittel zu prüfen, deren der Staat sich bedienen darf.

Ich rede daher hier von dem ganzen Bemühen des Staats, den positiven Wohlstand der Nation zu erhöhen, von aller Sorgfalt für die Bevölkerung des Landes, den Unterhalt der Einwohner teils geradezu durch

Armenanstalten, teils mittelbar durch Beförderung des Ackerbaues, der Industrie und des Handels, von allen Finanz- und Münzoperationen, Ein- und Ausfuhrverboten usf. (insofern sie diesen Zweck haben), endlich allen Veranstaltungen zur Verhütung oder Herstellung von Beschädigungen durch die Natur, kurz von jeder Einrichtung des Staats, welche das physische Wohl der Nation zu erhalten oder zu befördern die Absicht hat. Denn da das moralische nicht leicht um seiner selbst willen, sondern mehr zum Behuf der Sicherheit befördert wird, so komme ich zu diesem erst in der Folge.

Alle diese Einrichtungen nun, behaupte ich, haben nachteilige Folgen und sind einer wahren, von den höchsten, aber immer menschlichen Gesichtspunkten ausgehenden Politik unangemessen.

1. Der Geist der Regierung herrscht in einer jeden solchen Einrichtung, und wie weise und heilsam auch dieser Geist sei, so bringt er Einförmigkeit und eine fremde Handlungsweise in der Nation hervor. Statt daß die Menschen in Gesellschaft treten, um ihre Kräfte zu schärfen, sollten sie auch dadurch an ausschließendem Besitz und Genuß verlieren, so erlangen sie *Güter* auf Kosten ihrer *Kräfte*. Gerade die aus der Vereinigung *mehrerer* entstehende Mannigfaltigkeit ist das höchste Gut, welches die Gesellschaft gibt, und diese Mannigfaltigkeit geht gewiß immer in dem Grade der Einmischung des Staats verloren. Es sind nicht mehr eigentlich die Mitglieder einer Nation, die mit sich in Gemeinschaft leben, sondern einzelne Untertanen, welche mit dem Staat, d. h. dem Geiste, welcher in seiner Regierung herrscht, in Verhältnis kommen, und zwar in ein Verhältnis, in welchem schon die überlegene Macht des Staats das freie Spiel der Kräfte hemmt. Gleichförmige Ursachen haben gleichförmige Wirkungen. Je mehr also der Staat mitwirkt, desto ähnlicher ist nicht bloß alles Wirkende, sondern auch alles Gewirkte. Auch ist dies gerade die Absicht der Staaten. Sie wollen Wohlstand und Ruhe. Beide aber erhält man immer in eben dem Grade leicht, in welchem das einzelne weniger miteinander streitet. Allein was der Mensch beabsichtet und beabsichten muß, ist ganz etwas andres, es ist Mannigfaltigkeit und Tätigkeit. Nur dies gibt vielseitige und kraftvolle

Charaktere, und gewiß ist noch kein Mensch tief genug gesunken, um für sich selbst Wohlstand und Glück der Größe vorzuziehen. Wer aber für andre so räsoniert, den hat man, und nicht mit Unrecht, in Verdacht, daß er die Menschheit mißkennt und aus Menschen Maschinen machen will.

2. Das wäre also die zweite schädliche Folge, daß diese Einrichtungen des Staats die Kraft der Nation schwächen. So wie durch die Form, welche aus der selbsttätigen Materie hervorgeht, die Materie selbst mehr Fülle und Schönheit erhält – denn was ist sie anders als die Verbindung dessen, was erst stritt? eine Verbindung, zu welcher allemal die Auffindung neuer Vereinigungspunkte, folglich gleichsam eine Menge neuer Entdeckungen notwendig ist, die immer in Verhältnis mit der größeren, vorherigen Verschiedenheit steigt –, ebenso wird die Materie vernichtet durch diejenige, die man ihr von außen gibt. Denn das Nichts unterdrückt da das Etwas. Alles im Menschen. ist Organisation. Was in ihm gedeihen soll, muß in ihm *gesäet* werden. Alle Kraft setzt Enthusiasmus voraus, und nur wenige Dinge nähren diesen so sehr, als den Gegenstand desselben als ein gegenwärtiges oder künftiges Eigentum anzusehn. Nun aber hält der Mensch das nie so sehr für sein, was er besitzt, als was er tut, und der Arbeiter, welcher einen Garten *bestellt*, ist vielleicht in einem wahreren Sinne *Eigentümer* als der müßige Schwelger, der ihn genießt. Vielleicht scheint dies zu allgemeine Räsonnement keine Anwendung auf die Wirklichkeit zu verstatten. Vielleicht scheint es sogar, als diente vielmehr die Erweiterung vieler Wissenschaften, welche wir diesen und ähnlichen Einrichtungen des Staats, welcher allein Versuche im Großen anzustellen vermag, vorzüglich danken, zur Erhöhung der intellektuellen Kräfte und dadurch der Kultur und des Charakters überhaupt. Allein nicht jede Bereicherung durch Kenntnisse ist unmittelbar auch eine Veredlung selbst nur der intellektuellen Kraft, und wenn eine solche wirklich dadurch veranlaßt wird, so ist dies nicht sowohl bei der ganzen Nation als nur vorzüglich bei dem Teile, welcher mit zur Regierung gehört. Überhaupt wird der Verstand des Menschen doch, wie jede andre seiner Kräfte, nur durch eigne Tätigkeit, eigne Erfindsamkeit oder eigne Benutzung fremder Erfindungen gebildet. Anordnungen des Staats aber

führen immer mehr oder minder Zwang mit sich, und selbst wenn dies der Fall nicht ist, so gewöhnen sie den Menschen zu sehr, mehr fremde Belehrung, fremde Leitung, fremde Hilfe zu erwarten, als selbst auf Auswege zu denken. Die einzige Art beinah, auf welche der Staat die Bürger belehren kann, besteht darin, daß er das, was er für das Beste erklärt, gleichsam das Resultat seiner Untersuchungen, aufstellt und entweder direkt durch ein Gesetz oder indirekt durch irgendeine die Bürger bindende Einrichtung anbefiehlt oder durch sein Ansehn und ausgesetzte Belohnungen oder andre Ermunterungsmittel dazu anreizt oder endlich es bloß durch Gründe empfiehlt; aber welche Methode er von allen diesen befolgen mag, so entfernt er sich immer sehr weit von dem besten Wege des Lehrens. Denn dieser besteht unstreitig darin, gleichsam alle mögliche Auflösungen des Problems vorzulegen, um den Menschen nur vorzubereiten, die schicklichste selbst zu wählen, oder noch besser, diese Auflösung selbst nur aus der gehörigen Darstellung aller Hindernisse zu *erfinden*. Diese Lehrmethode kann der Staat bei erwachsenen Bürgern nur auf eine negative Weise durch Freiheit, die zugleich Hindernisse entstehen läßt und zu ihrer Hinwegräumung Stärke und Geschicklichkeit gibt, auf eine positive Weise aber nur bei den erst sich bildenden durch eine wirkliche Nationalerziehung befolgen. Ebenso wird in der Folge der Einwurf weitläuftiger geprüft werden, der hier leicht entstehen kann, daß es nämlich bei Besorgung der Geschäfte, von welchen hier die Rede ist, mehr darauf ankomme, daß die Sache geschehe, als wie der, welcher sie verrichtet, darüber unterrichtet sei, mehr, daß der Acker wohl gebaut werde, als daß der Ackerbauer gerade der geschickteste Landwirt sei.

Noch mehr aber leidet durch eine zu ausgedehnte Sorgfalt des Staats die Energie des Handlens überhaupt und der moralische Charakter. Dies bedarf kaum einer weiteren Ausführung. Wer oft und viel geleitet wird, kommt leicht dahin, den Überrest seiner Selbsttätigkeit gleichsam freiwillig zu opfern. Er glaubt sich der Sorge überhoben, die er in fremden Händen sieht, und genug zu tun, wenn er ihre Leitung erwartet und ihr folgt. Damit verrücken sich seine Vorstellungen von Verdienst und

Schuld. Die Idee des erstern feuert ihn nicht an, das quälende Gefühl der letztern ergreift ihn seltner und minder wirksam, da er dieselbe bei weitem leichter auf seine Lage und auf den schiebt, der dieser die Form gab. Kommt nun noch dazu, daß er die Absichten des Staats nicht für völlig rein hält, daß er nicht seinen Vorteil allein, sondern wenigstens zugleich einen fremdartigen Nebenzweck beabsichtet glaubt, so leidet nicht allein die Kraft, sondern auch die Güte des moralischen Willens. Er glaubt sich nun nicht bloß von jeder Pflicht frei, welche der Staat nicht ausdrücklich auflegt, sondern sogar jeder Verbesserung seines eignen Zustandes überhoben, die er manchmal sogar als eine neue Gelegenheit, welche der Staat benutzen möchte, fürchten kann. Und den Gesetzen des Staats selbst sucht er, soviel er vermag, zu entgehen und hält jedes Entwischen für Gewinn. Wenn man bedenkt, daß bei einem nicht kleinen Teil der Nation die Gesetze und Einrichtungen des Staats gleichsam den Umfang der Moralität abzeichnen, so ist es ein niederschlagender Anblick, oft die heiligsten Pflichten und die willkürlichsten Anordnungen von demselben Munde ausgesprochen, ihre Verletzung nicht selten mit gleicher Strafe belegt zu sehen. Nicht minder sichtbar ist jener nachteilige Einfluß in dem Betragen der Bürger gegeneinander. Wie jeder sich selbst auf die sorgende Hilfe des Staats verläßt, so und noch weit mehr übergibt er ihr das Schicksal seines Mitbürgers. Dies aber schwächt die Teilnahme und macht zu gegenseitiger Hilfsleistung träger. Wenigstens muß die gemeinschaftliche Hilfe da am tätigsten sein, wo das Gefühl am lebendigsten ist, daß auf ihm allein alles beruhe, und die Erfahrung zeigt auch, daß gedrückte, gleichsam von der Regierung verlassene Teile eines Volks immer doppelt fest untereinander verbunden sind. Wo aber der Bürger kälter ist gegen den Bürger, da ist es auch der Gatte gegen den Gatten , der Hausvater gegen die Familie.

Sich selbst in allem Tun und Treiben überlassen, von jeder fremden Hilfe entblößt, die sie nicht selbst sich verschafften, würden die Menschen auch oft, mit und ohne ihre Schuld, in Verlegenheit und Unglück geraten. Aber das Glück, zu welchem der Mensch bestimmt ist, ist auch kein andres, als welches seine Kraft ihm verschafft; und diese

Lagen gerade sind es, welche den Verstand schärfen und den Charakter bilden. Wo der Staat die Selbsttätigkeit durch zu spezielles Einwirken verhindert, da – entstehen etwa solche Übel nicht? Sie entstehen auch da und überlassen den einmal auf fremde Kraft sich zu lehnen gewohnten Menschen nun einem weit trostloseren Schicksal. Denn so wie Ringen und tätige Arbeit das Unglück erleichtern, so und in zehnfach höherem Grade erschwert es hoffnungslose, vielleicht getäuschte Erwartung. Selbst den besten Fall angenommen, gleichen die Staaten, von denen ich hier rede, nur zu oft den Ärzten, welche die Krankheit nähren und den Tod entfernen. Ehe es Ärzte gab, kannte man nur Gesundheit oder Tod.

3. Alles, womit sich der Mensch beschäftigt, wenn es gleich nur bestimmt ist, physische Bedürfnisse mittelbar oder unmittelbar zu befriedigen oder überhaupt äußere Zwecke zu erreichen, ist auf das genaueste mit innren Empfindungen verknüpft. Manchmal ist auch neben dem äußeren Endzweck noch ein innerer, und manchmal ist sogar dieser der eigentlich beabsichtete, jener nur notwendig oder zufällig damit verbunden. Je mehr Einheit der Mensch besitzt, desto freier entspringt das äußere Geschäft, das er wählt, aus seinem innren Sein, und desto häufiger und fester knüpft sich dieses an jenes da an, wo dasselbe nicht frei gewählt wurde. Daher ist der interessante Mensch in allen Lagen und allen Geschäften interessant; daher blüht er zu einer entzückenden Schönheit auf in einer Lebensweise, die mit seinem Charakter übereinstimmt.

So ließen sich vielleicht aus allen Bauern und Handwerkern *Künstler* bilden, d. h. Menschen, die ihr Gewerbe um ihres Gewerbes willen liebten, durch eigengelenkte Kraft und eigne Erfindsamkeit verbesserten und dadurch ihre intellektuellen Kräfte kultivierten, ihren Charakter vereitelten, ihre Genüsse erhöhten. So würde die Menschheit durch eben die Dinge geadelt, die jetzt, wie schön sie auch an sich sind, so oft dazu dienen, sie zu entehren. Je mehr der Mensch in Ideen und Empfindungen zu leben gewohnt ist, je stärker und feiner seine intellektuelle und moralische Kraft ist, desto mehr sucht er allein solche äußre Lagen zu wählen, welche zugleich dem innren

Menschen mehr Stoff geben, oder denjenigen, in welche ihn das Schicksal wirft, wenigstens solche Seiten abzugewinnen. Der Gewinn, welchen der Mensch an Größe und Schönheit einerntet, wenn er unaufhörlich dahin strebt, daß sein inneres Dasein immer den ersten Platz behaupte, daß es immer der erste Quell und das letzte Ziel alles Wirkens und alles Körperliche und Äußere nur Hülle und Werkzeug desselben sei, ist unabsehlich.

Wie sehr zeichnet sich nicht, um ein Beispiel zu wählen, in der Geschichte der Charakter aus, welchen der ungestörte Landbau in einem Volke bildet. Die Arbeit, welche es dem Boden widmet, und die Ernte, womit derselbe es wieder belohnt, fesseln es süß an seinen Acker und seinen Herd; Teilnahme der segenvollen Mühe und gemeinschaftlicher Genuß des Gewonnenen schlingen ein liebevolles Band um jede Familie, von dem selbst der mitarbeitende Stier nicht ganz ausgeschlossen wird. Die Frucht, die gesäet und geerntet werden muß, aber alljährlich wiederkehrt und nur selten die Hoffnung täuscht, macht geduldig, vertrauend und sparsam; das unmittelbare Empfangen aus der Hand der Natur, das immer sich aufdrängende Gefühl, daß, wenn gleich die Hand des Menschen den Samen ausstreuen muß, doch nicht sie es ist, von welcher Wachstum und Gedeihen kommt; die ewige Abhängigkeit von günstiger und ungünstiger Witterung flößt den Gemütern bald schauderhafte, bald frohe Ahndungen höherer Wesen, wechselweis Furcht und Hoffnung ein und führt zu Gebet und Dank; das lebendige Bild der einfachsten Erhabenheit, der ungestörtesten Ordnung und der mildesten Güte bildet die Seelen einfach, groß, sanft und der Sitte und dem Gesetz froh unterworfen. Immer gewohnt hervorzubringen, nie zu zerstören, ist der Ackerbauer friedlich und von Beleidigung und Rache fern, aber er füllt von dem Gefühl der Ungerechtigkeit eines ungereizten Angriffs und gegen jeden Störer seines Friedens mit unerschrockenem Mut beseelt.

Allein, freilich ist Freiheit die notwendige Bedingung, ohne welche selbst das seelenvollste Geschäft keine heilsamen Wirkungen dieser Art hervorzubringen vermag. Was nicht von dem Menschen selbst gewählt, worin er auch nur eingeschränkt und geleitet wird, das geht nicht in sein Wesen über, das bleibt ihm ewig fremd, das verrichtet er nicht eigentlich mit menschlicher Kraft, sondern mit mechanischer Fertigkeit. Die Alten, vorzüglich die Griechen, hielten jede Beschäftigung, welche zunächst die körperliche Kraft angeht oder Erwerbung äußerer Güter, nicht innere Bildung, zur Absicht hat, für schädlich und entehrend. Ihre menschenfreundlichsten Philosophen billigten daher die Sklaverei, gleichsam um durch ein ungerechtes und barbarisches Mittel einem Teile der Menschheit durch Aufopferung eines andren die höchste Kraft und Schönheit zu sichern. Allein den Irrtum, welcher diesem ganzen Räsonnement zum Grunde liegt, zeigen Vernunft und Erfahrung leicht. Jede Beschäftigung vermag den Menschen zu adeln, ihm eine bestimmte, seiner würdige Gestalt zu geben. Nur auf die Art, wie sie betrieben wird, kommt es an; und hier läßt sich wohl als allgemeine Regel annehmen, daß sie heilsame Wirkungen äußert, solange sie selbst und die darauf verwandte Energie vorzüglich die Seele füllt, minder wohltätiger oft nachteilige hingegen, wenn man mehr auf das Resultat sieht, zu dem sie führt, und sie selbst nur als Mittel betrachtet. Denn alles, was in sich selbst reizend ist, erweckt Achtung und Liebe, was nur als Mittel Nutzen verspricht, bloß Interesse; und nun wird der Mensch durch Achtung und Liebe ebensosehr geadelt, als er durch Interesse in Gefahr ist, entehrt zu werden. Wenn nun der Staat eine solche positive Sorgfalt übt, als die, von der ich hier rede, so kann er seinen Gesichtspunkt nur auf die *Resultate* richten und nun die Regeln feststellen, deren Befolgung der Vervollkommnung dieser am zuträglichsten ist.

Dieser beschränkte Gesichtspunkt richtet nirgends größeren Schaden an, als wo der wahre Zweck des Menschen völlig moralisch oder intellektuell ist oder doch die Sache selbst, nicht ihre Folgen, beabsichtet und diese Folgen nur notwendig oder zufällig damit zusammenhängen. So ist es bei wissenschaftlichen Untersuchungen und religiösen Meinungen, so mit allen Verbindungen der Menschen untereinander und mit der natürlichsten, die für den einzelnen Menschen wie für den Staat die wichtigste ist, mit der Ehe.

Eine Verbindung von Personen beiderlei Geschlechts, welche sich gerade auf die Geschlechtsverschiedenheit gründet, wie vielleicht die Ehe am richtigsten definiert werden könnte, läßt sich auf ebenso mannigfaltige Weise denken, als mannigfaltige Gestalten die Ansicht jener Verschiedenheit und die aus derselben entspringenden Neigungen des Herzens und Zwecke der Vernunft anzunehmen vermögen, und bei jedem Menschen wird sein ganzer moralischer Charakter vorzüglich die Stärke und die Art seiner Empfindungskraft darin sichtbar sein. Ob der Mensch mehr äußere Zwecke verfolgt oder lieber sein innres Wesen beschäftigt? ob sein Verstand tätiger ist oder sein Gefühl? ob er lebhaft umfaßt und schnell verläßt oder langsam eindringt und treu bewahrt? ob er losere Bande knüpft oder sich enger anschließt? ob er bei der innigsten Verbindung mehr oder minder Selbständigkeit behält? und eine unendliche Menge andrer Bestimmungen modifizieren anders und anders sein Verhältnis im ehelichen Leben. Wie dasselbe aber auch immer bestimmt sein mag, so ist die Wirkung davon auf sein Wesen und seine Glückseligkeit unverkennbar, und ob der Versuch, die Wirklichkeit nach seiner innren Stimmung zu finden oder zu bilden, glücke oder mißlinge, davon hängt größtenteils die höhere Vervollkommnung oder die Erschlaffung seines Wesens ab. Vorzüglich stark ist dieser Einfluß bei den interessantesten Menschen, welche am zartesten und leichtesten auffassen und am tiefsten bewahren. Zu diesen kann man mit Recht im ganzen mehr das weibliche als das männliche Geschlecht rechnen, und daher hängt der Charakter des ersteren am meisten von der Art der Familienverhältnisse in einer Nation ab. Von sehr vielen äußeren Beschäftigungen gänzlich frei; fast nur mit solchen umgeben, welche das innere Wesen beinah ungestört sich selbst überlassen; stärker durch das, was sie zu sein, als was sie zu tun vermögen; ausdrucksvoller durch die stille als die geäußerte Empfindung; mit aller Fähigkeit des unmittelbarsten, zeichenlosesten Ausdrucks, bei dem zarteren Körperbau, dem beweglicheren Auge, der mehr ergreifenden Stimme, reicher versehen; im Verhältnis gegen andre mehr bestimmt, zu erwarten und aufzunehmen als entgegenzukommen; schwächer für sich und doch nicht darum, sondern aus Bewunderung der fremden Größe und Stärke inniger anschließend; in der Verbindung unaufhörlich strebend, mit dem vereinten Wesen zu empfangen, das Empfangne in sich zu bilden und gebildet zurückzugeben; zugleich höher von dem Mute beseelt, welchen Sorgfalt der Liebe und Gefühl der Stärke einflößt, die nicht dem Widerstande, aber dem Erliegen im Dulden trotzt – sind die Weiber eigentlich dem Ideale der Menschheit *näher* als der Mann; und wenn es nicht unwahr ist, daß sie es *seltner* erreichen als er, so ist es vielleicht nur, weil es überall schwerer ist, den unmittelbaren steilen Pfad als den Umweg zu gehen. Wie sehr aber nun ein Wesen, das so reizbar, so in sich *eins* ist, bei dem folglich nichts ohne Wirkung bleibt und jede Wirkung nicht einen Teil, sondern das Ganze ergreift, durch äußre Mißverhältnisse gestört wird, bedarf nicht ferner erinnert zu werden. Dennoch hängt von der Ausbildung des weiblichen Charakters in der Gesellschaft so unendlich viel ab. Wenn es keine unrichtige Vorstellung ist, daß jede Gattung der Trefflichkeit sich – wenn ich so sagen darf – in einer Art der Wesen darstellt, so bewahrt der weibliche Charakter den ganzen Schatz der Sittlichkeit.

Nach Freiheit strebt der Mann, das Weib nach Sitte,

und wenn, nach diesem tief und wahr empfundenen Ausspruch des Dichters, der Mann sich bemüht, die *äußeren* Schranken zu entfernen, welche dem Wachstum hinderlich sind, so zieht die sorgsame Hand der Frauen die wohltätige *innere*, in welcher allein die Fülle der Kraft sich zur Blüte zu läutern vermag, und zieht sie um so feiner, als die Frauen das innre Dasein des Menschen tiefer empfinden, seine mannigfaltigen Verhältnisse feiner durchschauen, als ihnen jeder Sinn am willigsten zu Gebote steht und sie des Vernünftelns überhebt, das so oft die Wahrheit verdunkelt.

Sollte es noch notwendig scheinen, so würde auch die Geschichte diesem Räsonnement Bestätigung leihen und die Sittlichkeit der Nationen mit der Achtung des weiblichen Geschlechts überall in enger Verbindung zeigen. Es erhellt demnach aus dem Vorigen, daß die Wirkungen der Ehe ebenso mannigfaltig sind als der Charakter der Individuen und daß es also die nachteiligsten Folgen haben muß, wenn der Staat eine mit der jedesmaligen Beschaffenheit der Individuen so eng verschwisterte Verbindung durch Gesetze zu bestimmen oder durch seine Einrichtungen von andren Dingen als von der bloßen Neigung abhängig zu machen versucht. Dies muß um so mehr der Fall sein, als er bei diesen Bestimmungen beinah nur auf die Folgen, auf Bevölkerung, Erziehung der Kinder usf., sehen kann. Zwar läßt sich gewiß dartun, daß eben diese Dinge auf dieselben Resultate mit der höchsten Sorgfalt für das schönste innere Dasein führen. Denn bei sorgfältig angestellten Versuchen hat man die ungetrennte dauernde Verbindung *eines* Mannes mit *einer* Frau der Bevölkerung am zuträglichsten gefunden, und unleugbar entspringt gleichfalls keine andre aus der wahren, natürlichen, unverstimmten Liebe. Ebensowenig führt diese ferner auf andre als eben die Verhältnisse, welche die Sitte und das Gesetz bei uns mit sich bringen: Kindererzeugung, eigne Erziehung, Gemeinschaft des Lebens, zum Teil der Güter, Anordnung der äußren Geschäfte durch den Mann, Verwaltung des Hauswesens durch die Frau. Allein, der Fehler scheint mir darin zu liegen, daß das Gesetz *befiehlt*, da doch ein solches Verhältnis nur aus Neigung, nicht aus äußren Anordnungen entstehn kann, und wo Zwang oder Leitung der Neigung *widersprechen*, diese noch weniger zum rechten Wege zurückkehrt. Daher, dünkt mich, sollte der Staat nicht nur die Bande freier und weiter machen, sondern – wenn es mir erlaubt ist, hier, wo ich nicht von der Ehe überhaupt, sondern einem einzelnen, bei ihr sehr in die Augen fallenden Nachteil einschränkender Staatseinrichtungen rede, *allein* nach den im Vorigen gewagten Behauptungen zu entscheiden – überhaupt von der Ehe seine ganze Wirksamkeit entfernen und dieselbe vielmehr der freien Willkür der Individuen und der von ihnen errichteten mannigfaltigen Verträge, sowohl überhaupt als in ihren Modifikationen, gänzlich überlassen. Die Besorgnis, dadurch alle Familienverhältnisse zu stören oder vielleicht gar ihre Entstehung überhaupt zu verhindern – so gegründet dieselbe auch bei diesen oder jenen Lokalumständen sein möchte –, würde mich, insofern ich allein auf die Natur der Menschen und Staaten im allgemeinen achte, nicht abschrecken. Denn nicht selten zeigt die

Erfahrung, daß gerade, was das Gesetz löst, die Sitte bindet; die Idee des äußren Zwangs ist einem allein auf Neigung und innrer Pflicht beruhenden Verhältnis, wie die Ehe, völlig fremdartig; und die Folgen zwingender Einrichtungen entsprechen der Absicht schlechterdings nicht.

4. Die Sorgfalt des Staats für das positive Wohl der Bürger ist ferner darum schädlich, weil sie auf eine gemischte Menge gerichtet werden muß und daher den einzelnen durch Maßregeln schadet, welche auf einen jeden von ihnen nur mit beträchtlichen Fehlern passen.

5. Sie hindert die Entwicklung der Individualität und Eigentümlichkeit des Menschen in dem moralischen und überhaupt praktischen Leben des Menschen, sofern er nur auch hier gleichsam die Regeln beobachtet – die sich aber vielleicht allein auf die Grundsätze des Rechts beschränken –, überall den höchsten Gesichtspunkt der eigentümlichsten Ausbildung seiner selbst und andrer vor Augen hat, überall von dieser reinen Absicht geleitet wird und vorzüglich jedes andre Interesse diesem ohne alle Beimischung sinnlicher Beweggründe erkannten Gesetze unterwirft. Allein alle Seiten, welche der Mensch zu kultivieren vermag, stehen in einer wunderbar engen Verknüpfung, und wenn schon in der intellektuellen Welt der Zusammenhang wenn nicht inniger, doch wenigstens deutlicher und bemerkbarer ist als in der physischen, so ist er es noch bei weitem mehr in der moralischen. Daher müssen sich die Menschen untereinander verbinden, nicht um an Eigentümlichkeit, aber an ausschließendem Isoliertsein zu verlieren; die Verbindung muß nicht ein Wesen in das andre verwandeln, aber gleichsam Zugänge von einem zum andren eröffnen; was jeder für sich besitzt, muß er mit dem von andren Empfangnen vergleichen und danach modifizieren, nicht aber dadurch unterdrücken lassen. Denn wie in dem Reiche des Intellektuellen nie das Wahre, so streitet in dem Gebiete der Moralität nie das des Menschen wahrhaft Würdige miteinander; und enge und mannigfaltige Verbindungen eigentümlicher Charaktere miteinander sind daher ebenso notwendig, um zu vernichten, was nicht nebeneinander bestehn kann und daher auch für sich nicht zu Größe und Schönheit führt, als das,

dessen Dasein gegenseitig ungestört bleibt, zu erhalten, zu nähren und zu neuen, noch schöneren Geburten zu befruchten. Daher scheint ununterbrochenes Streben, die innerste Eigentümlichkeit des andren zu fassen, sie zu benutzen und, von der innigsten Achtung für sie, als die Eigentümlichkeit eines freien Wesens, durchdrungen, auf sie zu wirken – ein Wirken, bei welchem jene Achtung nicht leicht ein andres Mittel erlauben wird, als sich selbst zu zeigen und gleichsam vor den Augen des andern mit ihm zu vergleichen –, der höchste Grundsatz der Kunst des Umganges, welche vielleicht unter allen am meisten bisher noch vernachlässigt worden ist. Wenn aber auch diese Vernachlässigung leicht eine Art der Entschuldigung davon borgen kann, daß der Umgang eine Erholung, nicht eine mühevolle Arbeit, sein soll und daß leider sehr vielen Menschen kaum irgendeine interessante eigentümliche Seite abzugewinnen ist, so sollte doch jeder zu viel Achtung für sein eignes Selbst besitzen, um eine andre Erholung als den Wechsel interessanter Beschäftigung und noch dazu eine solche zu suchen, welche gerade seine edelsten Kräfte untätig läßt, und zu viel Ehrfurcht für die Menschheit, um auch nur *eins* ihrer Mitglieder für völlig unfähig zu erklären, benutzt oder durch Einwirkung anders modifiziert zu werden. Wenigstens aber darf derjenige diesen Gesichtspunkt nicht übersehen, welcher sich Behandlung der Menschen und Wirken auf sie zu einem eigentlichen Geschäft macht, und insofern folglich der Staat, bei positiver Sorgfalt auch nur für das mit dem innern Dasein immer eng verknüpfte äußre und physische Wohl, nicht umhin kann, der Entwicklung der Individualität hinderlich zu werden, so ist dies ein neuer Grund, eine solche Sorgfalt nie, außer dem Fall einer absoluten Notwendigkeit, zu verstatten.

Dies möchten etwa die vorzüglichsten nachteiligen Folgen sein, welche aus einer positiven Sorgfalt des Staats für den Wohlstand der Bürger entspringen und die zwar mit gewissen Arten der Ausübung derselben vorzüglich verbunden, aber überhaupt doch von ihr meines Erachtens nicht zu trennen sind. Ich wollte jetzt nur von der Sorgfalt für das physische Wohl reden, und gewiß bin ich auch überall von diesem Gesichtspunkte ausgegangen und habe alles genau abgesondert, was sich nur auf das moralische allein bezieht. Allein ich erinnerte gleich anfangs, daß der Gegenstand selbst keine genaue Trennung erlaubt, und dies möge also zur Entschuldigung dienen, wenn sehr vieles des im Vorigen entwickelten Räsonnements von der ganzen positiven Sorgfalt überhaupt gilt. Ich habe indes bis jetzt angenommen, daß die Einrichtungen des Staats, von welchen ich hier rede, schon wirklich getroffen wären, und ich muß daher noch von einigen Hindernissen reden, welche sich eigentlich bei der Anordnung selbst zeigen.

6. Nichts wäre gewiß bei dieser so notwendig als die Vorteile, die man beabsichtet, gegen die Nachteile und vorzüglich gegen die Einschränkungen der Freiheit, welche immer damit verbunden sind, abzuwägen. Allein eine solche Abwägung läßt sich nur sehr schwer, und genau und vollständig vielleicht schlechterdings nicht, zustande bringen. Denn jede einschränkende Einrichtung kollidiert mit der freien und natürlichen Äußerung der Kräfte, bringt bis ins Unendliche gehende neue Verhältnisse hervor, und so läßt sich die Menge der folgenden, welche sie nach sich zieht (selbst den gleichmäßigsten Gang der Begebenheiten angenommen und alle irgend wichtige unvermutete Zufälle, die doch nie fehlen, abgerechnet), nicht voraussehn. Jeder, der sich mit der höheren Staatsverwaltung zu beschäftigen Gelegenheit hat, fühlt gewiß aus Erfahrung, wie wenig Maßregeln eigentlich eine unmittelbare, absolute, wie viele hingegen eine bloß relative, mittelbare, von andren vorhergegangenen abhängende Notwendigkeit haben. Dadurch wird daher eine bei weitem größere Menge von Mitteln notwendig, und eben diese Mittel werden der Erreichung des eigentlichen Zwecks entzogen. Nicht allein daß ein solcher Staat größerer Einkünfte bedarf, sondern er erfordert auch künstlichere Anstalten zur Erhaltung der eigentlichen politischen Sicherheit, die Teile hängen weniger von selbst fest zusammen, die Sorgfalt des Staats muß bei weitem tätiger sein. Daraus entspringt nun eine gleich schwierige und leider nur zu oft vernachlässigte Berechnung, ob die natürlichen Kräfte des Staats zu Herbeischaffung aller notwendig erforderlichen Mittel hinreichend sind, und fällt diese Berechnung unrichtig aus, ist ein wahres Mißverhältnis

vorhanden, so müssen neue künstliche Veranstaltungen die Kräfte überspannen, ein Übel, an welchem nur zu viele neuere Staaten, wenngleich nicht allein aus dieser Ursache, kranken.

Vorzüglich ist hiebei ein Schade nicht zu übersehen, weil er den Menschen und seine Bildung so nahe betrifft, nämlich daß die eigentliche Verwaltung der Staatsgeschäfte dadurch eine Verflechtung erhält, welche, um nicht Verwirrung zu werden, eine unglaubliche Menge detaillierter Einrichtungen bedarf und ebenso viele Personen beschäftigt. Von diesen haben indes doch die meisten nur mit Zeichen und Formeln der Dinge zu tun. Dadurch werden nun nicht bloß viele vielleicht treffliche Köpfe dem Denken, viele sonst nützlicher beschäftigte Hände der reellen Arbeit entzogen, sondern ihre Geisteskräfte selbst leiden durch diese zum Teil leere, zum Teil zu einseitige Beschäftigung. Es entsteht nun ein neuer und gewöhnlicher Erwerb, Besorgung von Staatsgeschäften, und dieser macht die Diener des Staats so viel mehr von dem regierenden Teile des Staats, der sie besoldet, als eigentlich von der Nation abhängig. Welche fernern Nachteile aber noch hieraus erwachsen, welches Warten auf die Hilfe des Staats, welcher Mangel der Selbständigkeit, welche falsche Eitelkeit, welche Untätigkeit sogar und Dürftigkeit, beweist die Erfahrung am unwidersprechlichsten. Dasselbe Übel, aus welchem dieser Nachteil entspringt, wird wieder von demselben wechselsweis hervorgebracht. Die, welche einmal die Staatsgeschäfte auf diese Weise verwalten, sehen immer mehr und mehr von der Sache hinweg und nur auf die Form hin, bringen immerfort bei dieser vielleicht wahre, aber nur mit nicht hinreichender Hinsicht auf die Sache selbst und daher oft zum Nachteil dieser ausschlagende Verbesserungen an, und so entstehen neue Formen, neue Weitläuftigkeiten, oft neue einschränkende Anordnungen, aus welchen wiederum sehr natürlich eine neue Vermehrung der Geschäftsmänner erwächst. Daher nimmt in den meisten Staaten von Jahrzehent zu Jahrzehent das Personale der Staatsdiener und der Umfang der Registraturen zu und die Freiheit der Untertanen ab. Bei einer solchen Verwaltung kommt freilich alles auf die genaueste Aufsicht, auf die pünktlichste und ehrlichste Besorgung an, da der Gelegenheiten, in beiden zu fehlen, so viel mehr sind. Daher sucht man insofern nicht mit Unrecht, alles durch so viel Hände als möglich gehen zu lassen und selbst die Möglichkeit von Irrtümern oder Unterschleifen zu entfernen. Dadurch aber werden die Geschäfte beinah völlig mechanisch und die Menschen Maschinen; und die wahre Geschicklichkeit und Redlichkeit nehmen immer mit dem Zutrauen zugleich ab. Endlich werden, da die Beschäftigungen, von denen ich hier rede, eine große Wichtigkeit erhalten und, um konsequent zu sein, allerdings erhalten müssen, dadurch überhaupt die Gesichtspunkte des Wichtigen und Unwichtigen, Ehrenvollen und Verächtlichen, des letzten und der untergeordneten Endzwecke verrückt. Und da die Notwendigkeit von Beschäftigungen dieser Art auch wiederum durch manche leicht in die Augen fallende heilsame Folgen für ihre Nachteile entschädigt, so halte ich mich hiebei nicht länger auf und gehe nunmehr zu der letzten Betrachtung, zu welcher alles bisher Entwickelte gleichsam als eine Vorbereitung notwendig war, zu der Verrückung der Gesichtspunkte überhaupt über, welche eine positive Sorgfalt des Staats veranlaßt.

7. Die Menschen – um diesen Teil der Untersuchung mit einer allgemeinen, aus den höchsten Rücksichten geschöpften Betrachtung zu schließen – werden um der Sachen, die Kräfte um der Resultate willen vernachlässigt. Ein Staat gleicht nach diesem System mehr einer aufgehäuften Menge von leblosen und lebendigen Werkzeugen der Wirksamkeit und des Genusses als einer Menge tätiger und genießender Kräfte. Bei der Vernachlässigung der Selbsttätigkeit der handelnden Wesen scheint nur auf Glückseligkeit und Genuß gearbeitet zu sein. Allein wenn, da über Glückseligkeit und Genuß nur die Empfindung des Genießenden richtig urteilt, die Berechnung auch richtig wäre, so wäre sie dennoch immer weit von der Würde der Menschheit entfernt. Denn woher käme es sonst, daß eben dies nur Ruhe abzweckende System auf den menschlich höchsten Genuß, gleichsam aus Besorgnis vor seinem Gegenteil, willig Verzicht tut? Der Mensch genießt am meisten in den Momenten, in welchen er sich in dem höchsten Grade seiner Kraft und seiner Einheit fühlt. Freilich ist er auch darin dem höchsten Elend am

nächsten. Denn auf den Moment der Spannung vermag nur eine gleiche Spannung zu folgen, und die Richtung zum Genuß oder zum Entbehren liegt in der Hand des unbesiegten Schicksals. Allein wenn das Gefühl des Höchsten im Menschen nur Glück zu heißen verdient, so gewinnt auch Schmerz und Leiden eine veränderte Gestalt. Der Mensch in seinem Innren wird der Sitz des Glücks und des Unglücks, und er wechselt ja nicht mit der wallenden Flut, die ihn trägt. Jenes System führt, meiner Empfindung nach, auf ein fruchtloses Streben, dem Schmerz zu entrinnen. Wer sich wahrhaft auf Genuß versteht, erduldet den Schmerz, der doch den Flüchtigen ereilt, und freuet sich unaufhörlich am ruhigen Gange des Schicksals; und der Anblick der Größe fesselt ihn süß, es mag entstehen oder vernichtet werden. So kommt er – doch freilich nur der Schwärmer in andern als seltnen Momenten – selbst zu der Empfindung, daß sogar der Moment des Gefühls der eignen Zerstörung ein Moment des Entzückens ist.

Vielleicht werde ich beschuldigt, die hier aufgezählten Nachteile übertrieben zu haben; allein ich mußte die volle Wirkung des Einmischens des Staats – von dem hier die Rede ist – schildern, und es versteht sich von selbst, daß jene Nachteile nach dem Grade und nach der Art dieses Einmischens selbst sehr verschieden sind. Überhaupt sei mir die Bitte erlaubt, bei allem, was diese Blätter Allgemeines enthalten, von Vergleichungen mit der Wirklichkeit gänzlich zu abstrahieren. In dieser findet man selten einen Fall voll und rein, und selbst dann sieht man nicht abgeschnitten und für sich die einzelnen Wirkungen einzelner Dinge. Dann darf man auch nicht vergessen, daß, wenn einmal schädliche Einflüsse vorhanden sind, das Verderben mit sehr beschleunigten Schritten weiter eilt. Wie größere Kraft, mit größerer vereint, doppelt größere hervorbringt, so artet auch geringere mit geringerer in doppelt geringere aus. Welcher Gedanke selbst wagt es nur, die Schnelligkeit dieser Fortschritte zu begleiten? Indes auch sogar zugegeben, die Nachteile wären minder groß, so, glaube ich, bestätigt sich die vorgetragene Theorie doch noch bei weitem mehr durch den wahrlich namenlosen Segen, der aus ihrer Befolgung – wenn diese, wie freilich manches zweifeln läßt, je *ganz* möglich wäre – entstehen müßte. Denn die immer tätige, nie ruhende, den Dingen inwohnende Kraft kämpft gegen jede ihr schädliche Einrichtung und befördert jede ihr heilsame, so daß es im höchsten Verstande wahr ist, daß auch der angestrengteste Eifer nie so viel Böses zu wirken vermag, als immer und überall von selbst Gutes hervorgeht.

Ich könnte hier ein erfreuliches Gegenbild eines Volkes aufstellen, das in der höchsten und ungebundensten Freiheit und in der größesten Mannigfaltigkeit seiner eignen und der übrigen Verhältnisse um sich her existierte; ich könnte zeigen, wie hier noch in eben dem Grade schönere, höhere und wunderbarere Gestalten der Mannigfaltigkeit und der Originalität erscheinen müßten als in dem schon so unnennbar reizenden Altertum, in welchem die Eigentümlichkeit eines minder kultivierten Volks allemal roher und gröber ist, in welchem mit der Feinheit auch allemal die Stärke und selbst der Reichtum des Charakters wächst und in welchem, bei der fast grenzenlosen Verbindung aller Nationen und Weltteile miteinander, schon die Elemente gleichsam zahlreicher sind; zeigen, welche Stärke hervorblühen müßte, wenn jedes Wesen sich aus sich selbst organisierte, wenn es, ewig von den schönsten Gestalten umgeben, mit uneingeschränkter und ewig durch die Freiheit ermunterter Selbsttätigkeit diese Gestalten in sich verwandelte; wie zart und fein das innere Dasein des Menschen sich ausbilden, wie es die angelegentlichere Beschäftigung desselben werden, wie alles Physische und Äußere in das Innere, Moralische und Intellektuelle übergehen und das Band, welches beide Naturen im Menschen verknüpft, an Dauer gewinnen würde, wenn nichts mehr die freie Rückwirkung aller menschlichen Beschäftigungen auf den Geist und den Charakter störte; wie keiner dem andren gleichsam aufgeopfert würde, wie jeder seine ganze, ihm zugemessene Kraft für sich behielte und ihn eben darum eine noch schönere Bereitwilligkeit begeisterte, ihr eine für andre wohltätige Richtung zu geben; wie, wenn jeder in seiner Eigentümlichkeit fortschritte, mannigfaltigere und feinere Nuancen des schönen menschlichen Charakters entstehen und Einseitigkeit um so seltener sein würde, als sie überhaupt immer nur eine Folge der Schwäche und Dürftigkeit ist und als jeder, wenn nichts mehr den andren zwänge, sich ihm gleich zu machen, durch die immer fortdauernde Notwendigkeit der Verbindung mit andren, dringender veranlaßt werden würde, sich nach ihnen anders und anders selbst zu modifizieren; wie in diesem Volke keine Kraft und keine Hand für die Erhöhung und den Genuß des Menschendaseins verlorenginge; endlich zeigen, wie schon dadurch ebenso auch die Gesichtspunkte aller nur dahin gerichtet und von jedem andren falschen oder doch minder der Menschheit würdigen Endzweck abgewandt werden würden. Ich könnte dann damit schließen, aufmerksam darauf zu machen, wie diese wohltätige Folgen einer solchen Konstitution, unter einem Volke, welches es sei, ausgestreut, selbst dem freilich nie ganz tilgbaren Elende der Menschen, den Verheerungen der Natur, dem Verderben der feindseligen Neigungen und den Ausschweifungen einer zu üppigen Genussesfülle einen unendlich großen Teil seiner Schrecklichkeit nehmen würden. Allein ich begnüge mich, das Gegenbild geschildert zu haben; es ist mir genug, Ideen hinzuwerfen, damit ein reiferes Urteil sie prüfe.

Wenn ich aus dem ganzen bisherigen Räsonnement das letzte Resultat zu ziehen versuche, so muß der erste Grundsatz dieses Teils der gegenwärtigen Untersuchung der sein: *der Staat enthalte sich aller Sorgfalt für den positiven Wohlstand der Bürger und gehe keinen Schritt weiter, als zu ihrer Sicherstellung gegen sich selbst und gegen auswärtige Feinde notwendig ist; zu keinem andren Endzwecke beschränke er ihre Freiheit*.

Ich müßte mich jetzt zu den Mitteln wenden, durch welche eine solche Sorgfalt tätig geübt wird; allein da ich sie selbst, meinen Grundsätzen gemäß, gänzlich mißbillige, so kann ich hier von diesen Mitteln schweigen und mich begnügen, nur allgemein zu bemerken, daß die Mittel, wodurch die Freiheit zum Behuf des Wohlstandes beschränkt wird, von sehr mannigfaltiger Natur sein können, direkte: Gesetze, Ermunterungen, Preise; indirekte: wie daß der Landesherr selbst der beträchtlichste Eigentümer ist und daß er einzelnen Bürgern überwiegende Rechte, Monopolien usf. einräumt und daß alle einen, obgleich dem Grade und der Art nach sehr verschiednen Nachteil mit sich führen. Wenn man hier auch gegen das erstere und letztere keinen Einwurf erregte, so scheint es dennoch sonderbar, dem Staate wehren zu wollen, was jeder einzelne darf, Belohnungen aussetzen, unterstützen, Eigentümer sein. Wäre es in der Ausübung möglich, daß der Staat ebenso eine zwiefache Person ausmachte, als er es in der Abstraktion tut, so wäre hiergegen nichts zu erinnern. Es wäre dann gerade nicht anders, als wenn eine Privatperson einen mächtigen Einfluß erhielte. Allein da, jenen Unterschied zwischen Theorie und Praxis noch abgerechnet, der Einfluß einer Privatperson durch Konkurrenz andrer, Versplitterung ihres Vermögens, selbst durch ihren Tod aufhören kann, lauter Dinge, die beim Staate nicht zutreffen, so steht noch immer der Grundsatz, daß der Staat sich in nichts mischen darf, was nicht allein die Sicherheit angeht, um so mehr entgegen, als derselbe schlechterdings nicht durch Beweise unterstützt worden ist, welche gerade aus der Natur des Zwanges allein hergenommen gewesen wären. Auch handelt eine Privatperson aus andren Gründen als der Staat. Wenn z. B. ein einzelner Bürger Prämien aussetzt, die ich auch – wie es doch wohl nie ist – an sich gleich wirksam mit denen des Staats annehmen will, so tut er dies seines Vorteils halber. Sein Vorteil aber steht, wegen des ewigen Verkehrs mit allen übrigen Bürgern und wegen der Gleichheit seiner Lage mit der ihrigen, mit dem Vorteile oder Nachteile andrer, folglich mit ihrem Zustande in genauem Verhältnis. Der Zweck, den er erreichen will, ist also schon gewissermaßen in der Gegenwart vorbereitet und wirkt folglich darum heilsam. Die Gründe des Staats hingegen sind Ideen und Grundsätze, bei welchen auch die genaueste Berechnung oft täuscht; und sind es aus der Privatlage des Staats geschöpfte Gründe, so ist diese schon an sich nur zu oft für den Wohlstand und die Sicherheit der Bürger bedenklich und auch der Lage der Bürger nie in eben dem Grade gleich. Wäre sie dies, nun so ists auch in der Wirklichkeit nicht der Staat mehr, der handelt, und die Natur dieses Räsonnements selbst verbietet dann seine Anwendung.

Eben dies und das ganze vorige Räsonnement aber ging allein aus Gesichtspunkten aus, welche bloß die Kraft des Menschen als solchen und seine innere Bildung zum Gegenstand hatten. Mit Recht würde man dasselbe der Einseitigkeit beschuldigen, wenn es die Resultate, deren Dasein so notwendig ist, damit jene Kraft nur überhaupt wirken kann, ganz vernachlässigte. Es entsteht also hier noch die Frage, ob eben diese Dinge, von welchen hier die Sorgfalt des Staats entfernt wird, ohne ihn und für sich gedeihen können. Hier wäre es nun der Ort, die einzelnen Arten der Gewerbe, Ackerbau, Industrie, Handel und alles übrige, wovon ich hier zusammengenommen rede, einzeln durchzugehen und mit Sachkenntnis auseinanderzusetzen, welche Nachteile und Vorteile Freiheit und Selbstüberlassung ihnen gewährt. Mangel eben dieser Sachkenntnis hindert mich, eine solche Erörterung einzugehen. Auch halte ich dieselbe für die Sache selbst nicht mehr notwendig. Indes, gut und vorzüglich historisch ausgeführt, würde sie den sehr großen Nutzen gewähren, diese Ideen mehr zu empfehlen und zugleich die Möglichkeit einer sehr modifizierten Ausführung – da die einmal bestehende wirkliche Lage der Dinge schwerlich in irgendeinem Staat eine uneingeschränkte erlauben dürfte – zu beurteilen. Ich begnüge mich an einigen wenigen allgemeinen Bemerkungen. Jedes Geschäft – welcher Art es auch sei – wird besser betrieben, wenn man es um seiner selbst willen als den Folgen zuliebe treibt. Dies liegt so sehr in der Natur des Menschen, daß gewöhnlich, was man anfangs nur des Nutzens wegen wählt, zuletzt für sich Reiz gewinnt. Nun aber rührt dies bloß daher, weil dem Menschen Tätigkeit lieber ist als Besitz, allein Tätigkeit nur, insofern sie Selbsttätigkeit ist. Gerade der rüstigste und tätigste Mensch würde am meisten einer erzwungenen Arbeit Müßiggang vorziehn. Auch wächst die Idee des Eigentums nur mit der Idee der Freiheit, und gerade die am meisten energische Tätigkeit danken wir dem Gefühle des Eigentums. Jede Erreichung eines großen Endzwecks erfordert Einheit der Anordnung. Das ist gewiß. Ebenso auch jede Verhütung oder Abwehrung großer Unglücksfälle, Hungersnot, Überschwemmungen usf. Allein diese Einheit läßt sich auch durch Nationalanstalten, nicht bloß durch Staatsanstalten hervorbringen. Einzelnen Teilen der Nation und ihr selbst im Ganzen muß nur Freiheit gegeben werden, sich durch Verträge zu verbinden. Es bleibt immer ein unleugbar wichtiger Unterschied zwischen einer Nationalanstalt und einer Staatseinrichtung. Jene hat nur eine mittelbare, diese eine unmittelbare Gewalt. Bei jener ist daher mehr Freiheit im Eingehen, Trennen und Modifizieren der Verbindung. Anfangs sind höchst wahrscheinlich alle Staatsverbindungen nichts als dergleichen Nationenvereine gewesen. Allein hier zeigt eben die Erfahrung die verderblichen Folgen, wenn die Absicht, Sicherheit zu erhalten und andre Endzwecke zu erreichen, miteinander verbunden wird. Wer dieses Geschäft besorgen soll, muß, um der Sicherheit willen, absolute Gewalt besitzen. Diese aber dehnt er nun auch auf das übrige aus, und je mehr sich die Einrichtung von ihrer Entstehung entfernt, desto mehr wächst die Macht und desto mehr verschwindet die Erinnerung des Grundvertrags. Eine Anstalt *im* Staat hingegen hat nur Gewalt, insofern sie diesen Vertrag und sein Ansehen erhält. Schon dieser Grund allein könnte hinreichend scheinen. Allein dann, wenn auch der Grundvertrag genau bewahrt würde und die Staatsverbindung im engsten Verstande eine Nationalverbindung wäre, so könnte dennoch der Wille der einzelnen Individuen sich nur durch Repräsentation erklären, und ein Repräsentant mehrerer kann unmöglich ein so treues Organ der Meinung der einzelnen Repräsentierten sein. Nun aber führen alle im vorigen entwickelte Gründe auf die Notwendigkeit der Einwilligung jedes einzelnen. Eben diese schließt auch die Entscheidung nach der Stimmenmehrheit aus, und doch ließe sich keine andre in einer solchen Staatsverbindung, welche sich auf diese das positive Wohl der Bürger betreffende Gegenstände verbreitete, denken. Den nicht Einwilligenden bliebe also nichts übrig, als aus der Gesellschaft zu treten, dadurch ihrer Gerichtsbarkeit zu entgehen und die Stimmenmehrheit nicht mehr für sich geltend zu machen. Allein dies ist beinah bis zur Unmöglichkeit erschwert, wenn aus dieser Gesellschaft gehen zugleich aus dem Staate gehen heißt. Ferner ist es besser, wenn bei einzelnen Veranlassungen einzelne Verbindungen eingegangen, als allgemeinere für unbestimmte künftige Fälle geschlossen werden. Endlich entstehen auch Vereinigungen freier Menschen in einer Nation mit größerer

Schwierigkeit. Wenn nun dies auf der einen Seite auch der Erreichung der Endzwecke schadet – wogegen doch immer zu bedenken bleibt, daß allgemein, was schwerer entsteht, weil gleichsam die langgeprüfte Kraft sich ineinander fügt, auch eine festere Dauer gewinnt –, so ist doch gewiß überhaupt jede größere Vereinigung minder heilsam. Je mehr der Mensch für sich wirkt, desto mehr bildet er sich. In einer großen Vereinigung wird er zu leicht Werkzeug. Auch sind diese Vereinigungen schuld, daß oft das Zeichen an die Stelle der Sache tritt, welches der Bildung allemal hinderlich ist. Die tote Hieroglyphe begeistert nicht wie die lebendige Natur. Ich erinnere hier nur statt alles Beispiels an Armenanstalten. Tötet etwas andres so sehr alles wahre Mitleid, alle hoffende, aber anspruchlose Bitte, alles Vertrauen des Menschen auf Menschen? Verachtet nicht jeder den Bettler, dem es lieber wäre, ein Jahr im Hospital bequem ernährt zu werden, als nach mancher erduldeten Not nicht auf eine hinwerfende Hand, aber auf ein teilnehmendes Herz zu stoßen? Ich gebe es also zu, wir hätten diese schnellen Fortschritte ohne die großen Massen nicht gemacht, in welchen das Menschengeschlecht, wenn ich so sagen darf, in den letzten Jahrhunderten gewirkt hat; allein nur die schnellen nicht. Die Frucht wäre langsamer, aber dennoch gereift. Und sollte sie nicht segenvoller gewesen sein? Ich glaube daher von diesem Einwurf zurückkehren zu dürfen. Zwei andre bleiben der Folge zur Prüfung aufbewahrt, nämlich, ob auch bei der Sorglosigkeit, die dem Staate hier vorgeschrieben wird, die Erhaltung der Sicherheit möglich ist und ob nicht wenigstens die Verschaffung der Mittel, welche dem Staate notwendig zu seiner Wirksamkeit eingeräumt werden müssen, ein vielfacheres Eingreifen der Räder der Staatsmaschine in die Verhältnisse der Bürger notwendig macht?

## IV

Wäre es mit dem Übel, welches die Begierde der Menschen, immer über die ihnen rechtmäßig gezogenen Schranken in das Gebiet andrer einzugreifen, und die daraus entspringende Zwietracht stiftet, wie mit den physischen Übeln der Natur und denjenigen, diesen hierin wenigstens gleichkommenden moralischen, welche durch Übermaß des Genießens oder Entbehrens oder durch andre, mit den notwendigen Bedingungen der Erhaltung nicht übereinstimmende Handlungen auf eigne Zerstörung hinauslaufen, so wäre schlechterdings keine Staatsvereinigung notwendig. Jenen würde der Mut, die Klugheit und Vorsicht der Menschen, diesen die durch Erfahrung belehrte Weisheit von selbst steuern, und wenigstens ist in beiden mit dem gehobenen Übel immer *ein* Kampf beendigt. Es ist daher keine letzte, widerspruchlose Macht notwendig, welche doch im eigentlichsten Verstande den Begriff des Staats ausmacht. Ganz anders aber verhält es sich mit den Uneinigkeiten der Menschen, und sie erfordern allemal schlechterdings eine solche eben beschriebene Gewalt. Denn bei der Zwietracht entstehen Kämpfe aus Kämpfen. Die Beleidigung fordert Rache, und die Rache ist eine neue Beleidigung. Hier muß man also auf eine Rache zurückkommen, welche keine neue Rache erlaubt – und diese ist die Strafe des Staats –, oder auf eine Entscheidung, welche die Parteien sich zu beruhigen nötigt, die Entscheidung des Richters. Auch bedarf nichts so eines zwingenden Befehls und eines unbedingten Gehorsams als die Unternehmungen der Menschen gegen den Menschen, man mag an die Abtreibung eines auswärtigen Feindes oder an Erhaltung der Sicherheit im Staate selbst denken. Ohne Sicherheit vermag der Mensch weder seine Kräfte auszubilden noch die Früchte derselben zu genießen; denn ohne Sicherheit ist keine Freiheit. Es ist aber zugleich etwas, das der Mensch sich selbst allein nicht verschaffen kann; dies zeigen die eben mehr berührten als ausgeführten Gründe und die Erfahrung, daß unsre Staaten, die sich doch, da so viele Verträge und Bündnisse sie miteinander verknüpfen und Furcht so oft den Ausbruch von Tätlichkeiten hindert, gewiß in einer bei weitem günstigeren Lage befinden, als es erlaubt ist, sich den Menschen im Naturstande zu denken, dennoch die Sicherheit nicht genießen, welcher sich auch in der mittelmäßigsten Verfassung der gemeinste Untertan zu erfreuen hat. Wenn ich daher in dem Vorigen die Sorgfalt des Staats darum von vielen Dingen entfernt habe, weil die Nation sich selbst diese Dinge gleich gut und ohne die bei der Besorgung des Staats mit einfließende Nachteile verschaffen kann, so muß ich dieselbe aus gleichem Grunde jetzt auf die Sicherheit richten, als das einzige, welches der einzelne Mensch mit seinen Kräften allein nicht zu erlangen vermag. Ich glaube daher hier als den ersten positiven – aber in der Folge noch genauer zu bestimmenden und einzuschränkenden – Grundsatz aufstellen zu können: *daß die Erhaltung der Sicherheit sowohl gegen auswärtige Feinde als innerliche Zwistigkeiten den Zweck des Staats ausmachen und seine Wirksamkeit beschäftigen muß;* da ich bisher nur negativ zu bestimmen versuchte, daß er die Grenzen seiner Sorgfalt wenigstens nicht weiter ausdehnen dürfe.

Diese Behauptung wird auch durch die Geschichte so sehr bestätigt, daß in allen früheren Nationen die Könige nichts andres waren als Anführer im Kriege oder Richter im Frieden. Ich sage die Könige. Denn – wenn mir diese Abschweifung erlaubt ist – die Geschichte zeigt uns, wie sonderbar es auch scheint, gerade in der Epoche, wo dem Menschen, welcher, mit noch sehr wenigem Eigentum versehen, nur persönliche Kraft kennt und schätzt und in die ungestörteste Ausübung derselben den höchsten Genuß setzt, das Gefühl seiner Freiheit das teuerste ist, nichts als Könige und Monarchien. So alle Staatsverfassungen Asiens, so die ältesten Griechenlands, Italiens und der freiheitliebendsten Stämme, der germanischen. Denkt man über die Gründe hiervon nach, so wird man gleichsam von der Wahrheit überrascht, daß gerade die Wahl einer Monarchie ein Beweis der höchsten Freiheit der Wählenden ist. Der Gedanke eines Befehlshabers entsteht, wie oben gesagt, nur durch das Gefühl der Notwendigkeit eines Anführers oder eines Schiedsrichters. Nun ist *ein* Führer oder Entscheider unstreitig das Zweckmäßigste. Die Besorgnis, daß der eine aus einem Führer und Schiedsrichter ein Herrscher werden möchte, kennt der wahrhaft freie Mann, die Möglichkeit selbst ahndet er nicht; er traut keinem Menschen die Macht, seine Freiheit unterjochen zu können, und keinem Freien den Willen zu, Herrscher zu sein – wie denn auch in der Tat der Herrschsüchtige, nicht empfänglich für die hohe Schönheit der Freiheit, die Sklaverei liebt, nur daß er nicht der Sklave sein will –, und so ist, wie die Moral mit dem

Laster, die Theologie mit der Ketzerei, die Politik mit der Knechtschaft entstanden. Nur führen freilich unsre Monarchen nicht eine so honigsüße Sprache als die Könige bei Homer und Hesiodus

Οντινα τιμησουσι Διος κουραι μεγαλοιο,
Γεινομενον τ' εσιδωσι διοτρεφεων βασιληων,
Τω μεν επι γλωσση γλυκερην χειρουσι εερσην,
Του δ' επε' εκ στοματος ρει μειλιχα.

und

Τουνεκα γαρ βασιληεσ εχεφρονες, ουνεκα λαοις
Βλαπτομενοις αγορηφι μετατροπα εργα τελευσι
Ρηιδιως, μαλακοισι παραιφαμενοι επεεσσιν.

Hesiodus in Theogonia.

(Wen der götterentsprossenen Könige Zeus des Erhabnen
Töchter ehren, auf wen ihr Auge bei seiner Geburt blickt,
dem beträufeln sie mit holdem Taue die Zunge,
honigsüß entströmet seinen Lippen die Rede.

und

Darum herrschen verständige Könige, daß sie die Völker,
wenn ein Zwist sie spaltet, in der Versammlung zur Eintracht
sonder Mühe bewegen, mit sanften Worten sie lenkend.)

## V

Von der Sicherheit gegen auswärtige Feinde brauchte ich – um zu meinem Vorhaben zurückzukehren – kaum ein Wort zu sagen, wenn es nicht die Klarheit der Hauptidee vermehrte, sie auf alle einzelne Gegenstände nach und nach anzuwenden. Allein diese Anwendung wird hier um so weniger unnütz sein, als ich mich allein auf die Wirkung des Krieges auf den Charakter der Nation und folglich auf den Gesichtspunkt beschränken werde, den ich in dieser ganzen Untersuchung als den herrschenden gewählt habe. Aus diesem nun die Sache betrachtet, ist mir der Krieg eine der heilsamsten Erscheinungen zur Bildung des Menschengeschlechts, und ungern seh ich ihn nach und nach immer mehr vom Schauplatz zurücktreten. Es ist das freilich furchtbare Extrem, wodurch jeder tätige Mut gegen Gefahr, Arbeit und Mühseligkeit geprüft und gestählt wird, der sich nachher in so verschiedene Nuancen im Menschenleben modifiziert und welcher allein der ganzen Gestalt die Stärke und Mannigfaltigkeit gibt, ohne welche Leichtigkeit Schwäche und Einheit Leere ist. Man wird mir antworten, daß es neben dem Kriege noch andre Mittel dieser Art gibt, physische Gefahren bei mancherlei Beschäftigungen und – wenn ich mich des Ausdrucks bedienen darf – moralische von verschiedener Gattung, welche den festen, unerschütterten Staatsmann im Kabinett wie den freimütigen Denker in seiner einsamen Zelle treffen können. Allein es ist mir unmöglich, mich von der Vorstellung loszureißen, daß wie alles Geistige nur eine feinere Blüte des Körperlichen, so auch dieses es ist. Nun lebt zwar der Stamm, auf dem sie hervorsprießen kann, in der Vergangenheit. Allein das Andenken der Vergangenheit tritt immer weiter zurück, die Zahl derer, auf welche es wirkt, vermindert sich immer in der Nation, und selbst auf diese wird die Wirkung schwächer. Andren, obschon gleich gefahrvollen Beschäftigungen, Seefahrten, dem Bergbau usf. fehlt, wenngleich mehr und minder, die Idee der Größe und des Ruhms, die mit dem Kriege so eng verbunden ist. Und diese Idee ist in der Tat nicht chimärisch. Sie beruht auf einer Vorstellung von überwiegender Macht. Den Elementen sucht man mehr zu entrinnen, ihre Gewalt mehr auszudauern, als sie zu besiegen;

– mit Göttern
soll sich nicht messen
irgend ein Mensch;

Rettung ist nicht Sieg; was das Schicksal wohltätig schenkt und menschlicher Mut oder menschliche Erfindsamkeit nur benutzt, ist nicht Frucht oder Beweis der Obergewalt. Auch denkt jeder im Kriege, das Recht auf seiner Seite zu haben, jeder eine Beleidigung zu rächen. Nun aber achtet der natürliche Mensch, und mit einem Gefühl, das auch der kultivierteste nicht ableugnen kann, es höher, seine Ehre zu reinigen, als Bedarf fürs Leben zu sammlen. Niemand wird es mir zutrauen, den Tod eines gefallenen Kriegers schöner zu nennen als den Tod eines kühnen Plinius oder, um vielleicht nicht genug geehrte Männer zu nennen, den Tod von Robert und Pilatre du Rozier. Allein diese Beispiele sind selten, und wer weiß, ob ohne jene sie überhaupt nur wären. Auch habe ich für den Krieg gerade keine günstige Lage gewählt. Man nehme die Spartaner bei Thermopylä. Ich frage einen jeden, was solch ein Beispiel auf eine Nation wirkt? Wohl weiß ichs, eben dieser Mut, eben diese Selbstverleugnung kann sich in jeder Situation des Lebens zeigen und zeigt sich wirklich in jeder. Aber will man es dem sinnlichen Menschen verargen, wenn der lebendigste Ausdruck ihn auch am meisten hinreißt, und kann man es leugnen, daß ein Ausdruck dieser Art wenigstens in der größesten Allgemeinheit wirkt? Und bei alledem, was ich auch je von Übeln *hörte*, welche schrecklicher wären als der Tod, ich *sah* noch keinen Menschen, der das Leben in üppiger Fülle genoß und der – ohne Schwärmer zu sein – den Tod verachtete. Am wenigsten aber existierten diese Menschen im Altertum, wo man noch die Sache höher als den Namen, die Gegenwart höher als die Zukunft schätzte. Was ich daher hier von Kriegern sage, gilt nur von solchen, die, nicht gebildet wie jene in Platos Republik, die Dinge, Leben und Tod, nehmen für das, was sie sind; von Kriegern, welche, das Höchste im Auge, das Höchste aufs Spiel setzen. Alle Situationen, in welchen sich die Extreme gleichsam aneinanderknüpfen, sind die interessantesten und bildendsten. Wo ist dies aber mehr der Fall als im Kriege, wo Neigung und Pflicht, und Pflicht des Menschen und des Bürgers in unaufhörlichem Streite zu sein scheinen und wo dennoch – sobald nur gerechte Verteidigung die Waffen in die Hand gab – alle diese Kollisionen die vollste Auflösung finden?

Schon der Gesichtspunkt, aus welchem allein ich den Krieg für heilsam und notwendig halte, zeigt hinlänglich, wie, meiner Meinung nach, im Staate davon Gebrauch gemacht werden müßte. Dem Geist, den er wirkt, muß Freiheit gewährt werden, sich durch alle Mitglieder der Nation zu ergießen. Schon dies spricht gegen die stehenden Armeen. Überdies sind sie und die neuere Art des Krieges überhaupt freilich weit von dem Ideale entfernt, das für die Bildung des Menschen das nützlichste wäre. Wenn schon überhaupt der Krieger mit Aufopferung seiner Freiheit gleichsam Maschine werden muß, so muß er es noch in weit höherem Grade bei unsrer Art der Kriegführung, bei welcher es soviel weniger auf die Stärke, Tapferkeit und Geschicklichkeit des einzelnen ankommt. Wie verderblich muß es nun sein, wenn beträchtliche Teile der Nationen nicht bloß einzelne Jahre, sondern oft ihr Leben hindurch im Frieden, nur zum Behuf des möglichen Krieges, in diesem maschinenmäßigen Leben erhalten werden? Vielleicht ist es nirgends so sehr als hier der Fall, daß mit der Ausbildung der Theorie der menschlichen Unternehmungen der Nutzen derselben für diejenigen sinkt, welche sich mit ihnen beschäftigen. Unleugbar hat die Kriegskunst unter den Neueren unglaubliche Fortschritte gemacht, aber ebenso unleugbar ist der edle Charakter der Krieger seltner geworden, seine höchste Schönheit existiert nur noch in der Geschichte des Altertums, wenigstens – wenn man dies für übertrieben halten sollte – hat der kriegerische Geist bei uns sehr oft bloß schädliche Folgen für die Nationen, da wir ihn im Altertum so oft von so heilsamen begleitet sehen. Allein unsre stehende Armeen bringen, wenn ich so sagen darf, den Krieg mitten in den Schoß des Friedens. Kriegsmut ist nur in Verbindung mit den schönsten friedlichen Tugenden, Kriegszucht nur in Verbindung mit dem höchsten Freiheitsgefühle ehrwürdig. Beides getrennt – und wie sehr wird eine solche Trennung durch den im Frieden bewaffneten Krieger begünstigt? –, artet diese sehr leicht in Sklaverei, jener in Wildheit und Zügellosigkeit aus. Bei diesem Tadel der stehenden Armeen sei mir die Erinnerung erlaubt, daß ich hier nicht weiter von ihnen rede, als mein gegenwärtiger Gesichtspunkt erfordert. Ihren großen, unbestrittenen Nutzen – wodurch sie dem Zuge das Gleichgewicht halten, mit dem sonst ihre Fehler sie wie jedes irdische Wesen unaufhaltbar zum Untergange dahinreißen würden – zu verkennen sei fern von mir. Sie sind ein Teil des Ganzen, welches nicht Plane eitler menschlicher Vernunft, sondern die sichre Hand des Schicksals gebildet hat. Wie sie in alles andre, unsrem Zeitalter

Eigentümliche eingreifen, wie sie mit diesem die Schuld und das Verdienst des Guten und Bösen teilen, das uns auszeichnen mag, müßte das Gemälde schildern, welches uns, treffend und vollständig gezeichnet, der Vorwelt an die Seite zu stellen wagte. Auch müßte ich sehr unglücklich in Auseinandersetzung meiner Ideen gewesen sein, wenn man glauben könnte, der Staat sollte, meiner Meinung nach, von Zeit zu Zeit Krieg erregen. Er gebe Freiheit, und dieselbe Freiheit genieße ein benachbarter Staat. Die Menschen sind in jedem Zeitalter Menschen und verlieren nie ihre ursprünglichen Leidenschaften. Es wird Krieg von selbst entstehen; und entsteht er nicht, nun so ist man wenigstens gewiß, daß der Friede weder durch Gewalt erzwungen noch durch künstliche Lähmung hervorgebracht ist; und dann wird der Friede den Nationen freilich ein ebenso wohltätigeres Geschenk sein, wie der friedliche Pflüger ein holderes Bild ist als der blutige Krieger. Und gewiß ist es, denkt man sich ein Fortschreiten der ganzen Menschheit von Generation zu Generation, so müßten die folgenden Zeitalter immer die friedlicheren sein. Aber dann ist der Friede aus den inneren Kräften der Wesen hervorgegangen, dann sind die Menschen, und zwar die freien Menschen friedlich geworden. Jetzt – das beweist *ein* Jahr europäischer Geschichte – genießen wir die Früchte des Friedens, aber nicht die der Friedlichkeit. Die menschlichen Kräfte, unaufhörlich nach einer gleichsam unendlichen Wirksamkeit strebend, wenn sie einander begegnen, vereinen oder bekämpfen sich. Welche Gestalt der Kampf annehme, ob die des Krieges oder des Wetteifers oder welche sonst man nuancieren möge, hängt vorzüglich von ihrer Verfeinerung ab.

Soll ich jetzt auch aus diesem Räsonnement einen zu meinem Endzweck dienenden Grundsatz ziehen, *so muß der Staat den Krieg auf keinerlei Weise befördern, allein auch ebensowenig, wenn die Notwendigkeit ihn fordert, gewaltsam verhindern; dem Einflusse desselben auf Geist und Charakter sich durch die ganze Nation zu ergießen völlige Freiheit verstatten und vorzüglich sich aller positiven Einrichtungen enthalten, die Nation zum Kriege zu bilden, oder ihnen, wenn sie denn, wie z. B. Waffenübungen der Bürger, schlechterdings notwendig sind, eine solche*

*Richtung geben, daß sie derselben nicht bloß die Tapferkeit, Fertigkeit und Subordination eines Soldaten beibringen, sondern den Geist wahrer Krieger oder vielmehr edler Bürger einhauchen, welche für ihr Vaterland zu fechten immer bereit sind.*

## VI

Eine tiefere und ausführlichere Prüfung erfordert die Sorgfalt des Staats für die innere Sicherheit der Bürger untereinander, zu der ich mich jetzt wende. Denn es scheint mir nicht hinlänglich, demselben bloß allgemein die Erhaltung derselben zur Pflicht zu machen, sondern ich halte es vielmehr für notwendig, die besonderen Grenzen dabei zu bestimmen oder, wenn dies allgemein nicht möglich sein sollte, wenigstens die Gründe dieser Unmöglichkeit auseinanderzusetzen und die Merkmale anzugeben, an welchen sie in gegebenen Fällen zu erkennen sein möchten. Schon eine sehr mangelhafte Erfahrung lehrt, daß diese Sorgfalt mehr oder minder weit ausgreifen kann, ihren Endzweck zu erreichen. Sie kann sich begnügen, begangene Unordnungen wiederherzustellen und zu bestrafen. Sie kann schon ihre Begehung überhaupt zu verhüten suchen, und sie kann endlich zu diesem Endzweck den Bürgern, ihrem Charakter und ihrem Geist, eine Wendung zu erteilen bemüht sein, die hierauf abzweckt. Auch gleichsam die Extension ist verschiedener Grade fähig. Es können bloß Beleidigungen der Rechte der Bürger und unmittelbarer Rechte des Staats untersucht und gerügt werden; oder man kann, indem man den Bürger als ein Wesen ansieht, das dem Staate die Anwendung seiner Kräfte schuldig ist und also durch Zerstörung oder Schwächung dieser Kräfte ihn gleichsam seines Eigentums beraubt, auch auf Handlungen ein wachsames Auge haben, deren Folgen sich nur auf den Handlenden selbst erstrecken. Alles dies fasse ich hier auf einmal zusammen und rede daher allgemein von allen Einrichtungen des Staats, welche in der Absicht der Beförderung der öffentlichen Sicherheit geschehen. Zugleich werden sich hier von selbst alle diejenigen darstellen, die, sollten sie auch nicht überall oder nicht bloß auf Sicherheit abzwecken, das moralische Wohl der Bürger angehen, da, wie ich schon oben bemerkt, die Natur der Sache selbst keine genaue Trennung erlaubt und diese Einrichtungen doch gewöhnlich die Sicherheit und Ruhe des Staats vorzüglich beabsichten. Ich werde dabei demjenigen Gange getreu bleiben, den ich bisher gewählt habe. Ich habe nämlich zuerst die größeste mögliche Wirksamkeit des Staats angenommen und nun nach und nach zu prüfen versucht, was davon abgeschnitten werden müsse. Jetzt ist mir nur die Sorge für die Sicherheit übriggeblieben. Bei dieser muß nun aber wiederum auf gleiche Weise verfahren werden, und ich werde daher dieselbe zuerst in ihrer größesten Ausdehnung betrachten, um durch allmähliche Einschränkungen auf diejenigen Grundsätze zu kommen, welche mir die richtigen scheinen. Sollte dieser Gang vielleicht für zu langsam und weitläuftig gehalten werden, so gebe ich gern zu, daß ein dogmatischer Vortrag gerade die entgegengesetzte Methode erfordern würde. Allein bei einem bloß untersuchenden, wie der gegenwärtige, ist man wenigstens gewiß, den ganzen Umfang des Gegenstandes umspannt, nichts übersehen und die Grundsätze gerade in der Folge entwickelt zu haben, in welcher sie wirklich auseinander herfließen.

Man hat, vorzüglich seit einiger Zeit, so sehr auf die Verhütung gesetzwidriger Handlungen und auf Anwendung moralischer Mittel im Staate gedrungen. Ich, sooft ich dergleichen oder ähnliche Aufforderungen höre, freue mich, gesteh ich, daß eine solche freiheitbeschränkende Anwendung bei uns immer weniger gemacht und, bei der Lage fast aller Staaten, immer weniger möglich wird. Man beruft sich auf Griechenland und Rom, aber eine genauere Kenntnis ihrer Verfassungen würde bald zeigen, wie unpassend diese Vergleichungen sind. Jene Staaten waren Republiken, ihre Anstalten dieser Art waren Stützen der freien Verfassung, welche die Bürger mit einem Enthusiasmus erfüllte, welcher den nachteiligen Einfluß der Einschränkung der Privatfreiheit minder fühlen und der Energie des Charakters minder schädlich werden ließ. Dann genossen sie auch übrigens einer größeren Freiheit als wir, und was sie aufopferten, opferten sie einer andren Tätigkeit, dem Anteil an der Regierung, auf. In unsren meistenteils monarchischen Staaten ist das alles ganz anders. Was die Alten von moralischen Mitteln anwenden mochten, Nationalerziehung, Religion, Sittengesetze, alles würde bei uns minder fruchten und einen größeren Schaden bringen. Dann war auch das meiste, was man jetzt so oft für Wirkung der Klugheit des Gesetzgebers hält, bloß schon wirkliche, nur vielleicht wankende und daher der Sanktion des Gesetzes bedürfende Volkssitte. Die Übereinstimmung der Einrichtungen des Lykurgus mit der Lebensart der meisten unkultivierten Nationen hat schon Ferguson meisterhaft gezeigt, und da höhere Kultur die Nation verfeinerte, erhielt sich auch in der Tat nicht mehr als der Schatten jener Einrichtungen. Endlich steht, dünkt mich, das Menschengeschlecht jetzt auf einer Stufe der Kultur, von welcher es sich nur durch Ausbildung der Individuen höher emporschwingen kann; und daher sind alle Einrichtungen, welche diese Ausbildung hindern und die Menschen mehr in Massen zusammendrängen, jetzt schädlicher als ehmals.

Schon diesen wenigen Bemerkungen zufolge erscheint, um zuerst von demjenigen moralischen Mittel zu reden, was am weitesten gleichsam ausgreift, öffentliche, d. i. vom Staat angeordnete oder geleitete Erziehung wenigstens von vielen Seiten bedenklich. Nach dem ganzen vorigen Räsonnement kommt schlechterdings alles auf die Ausbildung des Menschen in der höchsten Mannigfaltigkeit an; öffentliche Erziehung aber muß, selbst wenn sie diesen Fehler vermeiden, wenn sie sich bloß darauf einschränken wollte, Erzieher anzustellen und zu unterhalten, immer eine bestimmte Form begünstigen. Es treten daher alle die Nachteile bei derselben ein, welche der erste Teil dieser Untersuchung hinlänglich dargestellt hat, und ich brauche nur noch hinzuzufügen, daß jede Einschränkung verderblicher wird, wenn sie sich auf den moralischen Menschen bezieht, und daß, wenn irgend etwas Wirksamkeit auf das einzelne Individuum fordert, dies gerade die Erziehung ist, welche das einzelne Individuum bilden soll. Es ist unleugbar, daß gerade daraus sehr heilsame Folgen entspringen, daß der Mensch in der Gestalt, welche ihm seine Lage und die Umstände gegeben haben, im Staate selbsttätig wird und nun durch den Streit – wenn ich so sagen darf – der ihm vom Staat angewiesenen Lage und der von ihm selbst gewählten, zum Teil er anders geformt wird, zum Teil die Verfassung des Staats selbst Änderungen erleidet, wie denn dergleichen obgleich freilich auf einmal fast unbemerkbare Änderungen, nach den Modifikationen des Nationalcharakters, bei allen Staaten unverkennbar sind. Dies aber hört wenigstens immer in dem Grade auf, in welchem der Bürger von seiner Kindheit an schon zum Bürger gebildet wird. Gewiß ist es wohltätig, wenn die Verhältnisse des Menschen und des Bürgers soviel als möglich zusammenfallen; aber es bleibt dies doch nur alsdann, wenn das des Bürgers so wenig eigentümliche Eigenschaften fordert, daß sich die natürliche Gestalt des Menschen, ohne etwas aufzuopfern, erhalten kann – gleichsam das Ziel, wohin alle Ideen, die ich in dieser Untersuchung zu entwickeln wage, allein hinstreben. Ganz und gar aber hört es auf, heilsam zu sein, wenn der Mensch dem Bürger geopfert wird. Denn wenngleich alsdann die nachteiligen Folgen des Mißverhältnisses hinwegfallen, so verliert auch der Mensch dasjenige, welches er gerade durch die Vereinigung in einen Staat zu sichern bemüht war. Daher müßte, meiner Meinung zufolge, die freieste, so wenig als möglich schon auf die bürgerlichen Verhältnisse gerichtete Bildung des Menschen überall vorangehen. Der so gebildete Mensch müßte dann in den Staat treten und die Verfassung des Staats sich gleichsam an ihm prüfen. Nur bei einem solchen Kampfe würde ich wahre Verbesserung der Verfassung durch die Nation mit Gewißheit hoffen und nur bei einem solchen schädlichen Einfluß der bürgerlichen Einrichtung auf den Menschen nicht besorgen. Denn selbst wenn die letztere sehr fehlerhaft wäre, ließe sich denken, wie gerade durch ihre einengenden Fesseln die widerstrebende oder trotz derselben sich in ihrer Größe erhaltende Energie des Menschen gewänne. Aber dies könnte nur sein, wenn dieselbe vorher sich in ihrer Freiheit entwickelt hätte. Denn welch ein ungewöhnlicher Grad gehörte dazu, sich auch da, wo jene Fesseln von der ersten Jugend an drückten, noch zu erheben und zu erhalten? Jede öffentliche Erziehung aber, da immer der Geist der Regierung in ihr herrscht, gibt dem Menschen eine gewisse bürgerliche Form. Wo nun eine solche Form an sich bestimmt und in sich, wenngleich einseitig, doch schön ist, wie wir es in den alten Staaten und vielleicht noch jetzt in mancher Republik finden, da ist nicht allein die Ausführung leichter, sondern auch die Sache selbst minder schädlich. Allein in unsren monarchischen Verfassungen existiert – und gewiß zum nicht geringen Glück für die Bildung des Menschen – eine solche bestimmte Form ganz und gar nicht. Es gehört offenbar zu ihren obgleich auch von manchen Nachteilen begleiteten Vorzügen, daß, da doch die Staatsverbindung immer nur als ein Mittel anzusehen ist, nicht soviel Kräfte der Individuen auf dies Mittel verwandt zu werden brauchen als in Republiken. Sobald der Untertan den Gesetzen gehorcht und sich und die Seinigen im Wohlstande und einer nicht schädlichen Tätigkeit erhält, kümmert den Staat die genauere Art seiner Existenz nicht. Hier hätte daher die öffentliche Erziehung, die schon als solche, sei es auch unvermerkt, den Bürger oder Untertan, nicht den Menschen, wie die Privaterziehung, vor Augen hat, nicht *eine* bestimmte Tugend oder Art zu sein zum Zweck; sie suchte vielmehr gleichsam ein Gleichgewicht aller, da nichts so sehr als gerade dies die Ruhe hervorbringt und erhält, welche eben diese Staaten am eifrigsten beabsichten. Ein solches Streben aber gewinnt, wie ich schon bei einer andren Gelegenheit zu zeigen versucht habe, entweder keinen Fortgang oder führt auf Mangel an Energie; da hingegen die Verfolgung einzelner Seiten, welche der Privaterziehung eigen ist, durch das Leben in verschiedenen Verhältnissen und Verbindungen jenes Gleichgewicht sichrer und ohne Aufopferung der Energie hervorbringt.

Will man aber der öffentlichen Erziehung alle positive Beförderung dieser oder jener Art der Ausbildung untersagen, will man es ihr zur Pflicht machen, bloß die eigene Entwickelung der Kräfte zu begünstigen, so ist dies einmal an sich nicht ausführbar, da, was Einheit der Anordnung hat, auch allemal eine gewisse Einförmigkeit der Wirkung hervorbringt, und dann ist auch unter dieser Voraussetzung der Nutzen einer öffentlichen Erziehung nicht abzusehen. Denn ist es bloß die Absicht zu verhindern, daß Kinder nicht ganz unerzogen bleiben, so ist es ja leichter und minder schädlich, nachlässigen Eltern Vormünder zu setzen oder dürftige zu unterstützen. Ferner erreicht auch die öffentliche Erziehung nicht einmal die Absicht, welche sie sich vorsetzt, nämlich die Umformung der Sitten nach dem Muster, welches der Staat für das ihm angemessenste hält. So wichtig und auf das ganze Leben einwirkend auch der Einfluß der Erziehung sein mag, so sind doch noch immer wichtiger die Umstände, welche den Menschen durch das ganze Leben begleiten. Wo also nicht alles zusammenstimmt, da vermag diese Erziehung allein nicht durchzudringen. Überhaupt soll die Erziehung nur, ohne Rücksicht auf bestimmte, den Menschen zu erteilende bürgerliche Formen, Menschen bilden; so bedarf es des Staats nicht. Unter freien Menschen gewinnen alle Gewerbe besseren Fortgang, blühen alle Künste schöner auf, erweitern sich alle Wissenschaften. Unter ihnen sind auch alle Familienbande enger, die Eltern eifriger bestrebt, für ihre Kinder zu sorgen, und bei höherem Wohlstande auch vermögender, ihren Wünschen hierin zu folgen. Bei freien Menschen entsteht Nacheiferung, und es bilden sich bessere Erzieher, wo ihr Schicksal von dem Erfolg ihrer Arbeiten, als wo es von der Beförderung abhängt, die sie vom Staat zu erwarten haben. Es wird daher weder an sorgfältiger Familienerziehung noch an Anstalten so nützlicher und notwendiger gemeinschaftlicher Erziehung fehlen. Soll aber öffentliche Erziehung dem Menschen eine bestimmte Form erteilen, so ist, was man auch sagen möge, zur Verhütung der Übertretung der Gesetze, zur Befestigung der Sicherheit so gut als nichts getan. Denn Tugend und Laster hängen nicht an dieser oder jener Art des Menschen zu sein, sind nicht mit dieser oder jener Charakterseite notwendig verbunden, sondern es kommt in Rücksicht auf sie weit mehr auf die Harmonie oder Disharmonie der verschiedenen Charakterzüge, auf das Verhältnis der Kraft zu der Summe der Neigungen usf. an. Jede bestimmte Charakterbildung ist daher eigner Ausschweifungen fähig und artet in dieselben aus. Hat daher eine ganze Nation ausschließlich vorzüglich eine gewisse erhalten, so fehlt es an aller entgegenstrebenden Kraft und mithin an allem Gleichgewicht. Vielleicht liegt sogar hierin auch ein Grund der häufigen Veränderungen der Verfassung der alten Staaten. Jede Verfassung wirkte so sehr auf den Nationalcharakter, dieser, bestimmt gebildet, artete aus und brachte eine neue hervor. Endlich wirkt öffentliche Erziehung, wenn man ihr völlige

Erreichung ihrer Absicht zugestehen will, zu viel. Um die in einem Staat notwendige Sicherheit zu erhalten, ist Umformung der Sitten selbst nicht notwendig. Allein die Gründe, womit ich diese Behauptung zu unterstützen gedenke, bewahre ich der Folge auf, da sie auf das ganze Bestreben des Staats, auf die Sitten zu wirken, Bezug haben und mir noch vorher von einem paar einzelner, zu demselben gehöriger Mittel zu reden übrigbleibt. Öffentliche Erziehung scheint mir daher ganz außerhalb der Schranken zu liegen, in welchen der Staat seine Wirksamkeit halten muß.

## VII

Außer der eigentlichen Erziehung der Jugend gibt es noch ein anderes Mittel, auf den Charakter und die Sitten der Nation zu wirken, durch welches der Staat gleichsam den erwachsenen, reif gewordenen Menschen erzieht, sein ganzes Leben hindurch seine Handlungsweise und Denkungsart begleitet und derselben diese oder jene Richtung zu erteilen oder sie wenigstens vor diesem oder jenem Abwege zu bewahren versucht – die Religion. Alle Staaten, soviel uns die Geschichte aufzeigt, haben sich dieses Mittels, obgleich in sehr verschiedener Absicht und in verschiedenem Maße, bedient. Bei den Alten war die Religion mit der Staatsverfassung innigst verbunden, eigentlich politische Stütze oder Triebfeder derselben, und es gilt daher davon alles das, was ich im vorigen über ähnliche Einrichtungen der Alten bemerkt habe. Als die christliche Religion statt der ehemaligen Partikulargottheiten der Nationen eine allgemeine Gottheit aller Menschen lehrte, dadurch eine der gefährlichsten Mauern umstürzte, welche die verschiedenen Stämme des Menschengeschlechts voneinander absonderten, und damit den wahren Grund aller wahren Menschentugend, Menschenentwickelung und Menschenvereinigung legte, ohne welche Aufklärung und Kenntnisse und Wissenschaften selbst noch sehr viel länger, wenn nicht immer, ein seltnes Eigentum einiger weniger geblieben wären, wurde das Band zwischen der Verfassung des Staats und der Religion lockerer. Als aber nachher der Einbruch barbarischer Völker die Aufklärung verscheuchte,

Mißverstand eben jener Religion einen blinden und intoleranten Eifer, Proselyten zu machen, eingab und die politische Gestalt der Staaten zugleich so verändert war, daß man statt der Bürger nur Untertanen und nicht sowohl des Staats als des Regenten fand, wurde Sorgfalt für die Erhaltung und Ausbreitung der Religion aus eigener Gewissenhaftigkeit der Fürsten geübt, welche dieselbe ihnen von der Gottheit selbst anvertraut glaubten. In neueren Zeiten ist zwar dies Vorurteil seltener geworden, allein der Gesichtspunkt der innerlichen Sicherheit und der Sittlichkeit – als ihrer festesten Schutzwehr – hat die Beförderung der Religion durch Gesetze und Staatseinrichtungen nicht minder dringend empfohlen. Dies, glaube ich, wären etwa die Hauptepochen in der Religionsgeschichte der Staaten, ob ich gleich nicht leugnen will, daß jede der angeführten Rücksichten und vorzüglich die letzte überall mitwirken mochte, indes freilich *eine* die vorzüglichste war. Bei dem Bemühen, durch Religionsideen auf die Sitten zu wirken, muß man die Beförderung einer bestimmten Religion von der Beförderung der Religiosität überhaupt unterscheiden. Jene ist unstreitig drückender und verderblicher als diese. Allein überhaupt ist nur diese nicht leicht ohne jene möglich. Denn wenn der Staat einmal Moralität und Religiosität unzertrennbar vereint glaubt und es für möglich und erlaubt hält, durch dies Mittel zu wirken, so ist es kaum möglich, daß er nicht bei der verschiedenen Angemessenheit verschiedener Religionsmeinungen zu der wahren oder angenommenen Ideen nach geformten Moralität eine vorzugsweise vor der andren in Schutz nehme. Selbst wenn er dies gänzlich vermeidet und gleichsam als Beschützer und Verteidiger aller Religionsparteien auftritt, so muß er doch, da er nur nach den äußren Handlungen zu urteilen vermag, die Meinungen dieser Parteien mit Unterdrückung der möglichen abweichenden Meinungen einzelner begünstigen; und wenigstens interessiert er sich auf alle Fälle insofern für *eine* Meinung, als er den aufs Leben einwirkenden Glauben an eine Gottheit allgemein zum herrschenden zu machen sucht. Hiezu kommt nun noch über dies alles, daß bei der Zweideutigkeit aller Ausdrücke, bei der Menge der Ideen, welche sich *einem* Wort nur zu oft unterschieben lassen, der Staat selbst dem Ausdruck Religiosität eine bestimmte

Bedeutung unterlegen müßte, wenn er sich desselben irgend als einer Richtschnur bedienen wollte. So ist daher, meines Erachtens, schlechterdings keine Einmischung des Staats in Religionssachen möglich, welche sich nicht, nur mehr oder minder, die Begünstigung gewisser bestimmter Meinungen zuschulden kommen ließe und folglich nicht die Gründe gegen sich gelten lassen müßte, welche von einer solchen Begünstigung hergenommen sind. Ebensowenig halte ich eine Art dieses Einmischens möglich, welche nicht wenigstens gewissermaßen eine Leitung, eine Hemmung der Freiheit der Individuen mit sich führte. Denn wie verschieden auch sehr natürlich der Einfluß von eigentlichem Zwange, bloßer Aufforderung und endlich bloßer Verschaffung leichterer Gelegenheit zu Beschäftigung mit Religionsideen ist, so ist doch selbst in dieser letzteren, wie im vorigen bei mehreren ähnlichen Einrichtungen ausführlicher zu zeigen versucht worden ist, immer ein gewisses, die Freiheit einengendes Übergewicht der Vorstellungsart des Staats. Diese Bemerkungen habe ich vorausschicken zu müssen geglaubt, um bei der folgenden Untersuchung dem Einwurfe zu begegnen, daß dieselbe nicht von der Sorgfalt für die Beförderung der Religion überhaupt, sondern nur von einzelnen Gattungen derselben rede, und um dieselbe nicht durch eine ängstliche Durchgehung der einzelnen möglichen Fälle zu sehr zerstückeln zu dürfen.

Alle Religion – und zwar rede ich hier von Religion, insofern sie sich auf Sittlichkeit und Glückseligkeit bezieht und folglich in Gefühl übergegangen ist, nicht insofern die Vernunft irgendeine Religionswahrheit wirklich erkennt oder zu erkennen meint, da Einsicht der Wahrheit unabhängig ist von allen Einflüssen des Wollens oder Begehrens, oder insofern Offenbarung irgendeine bekräftigt, da auch der historische Glaube dergleichen Einflüssen nicht unterworfen sein darf –, alle Religion, sage ich, beruht auf einem Bedürfnis der Seele. Wir hoffen, wir ahnden, weil wir wünschen. Da, wo noch alle Spur geistiger Kultur fehlt, ist auch das Bedürfnis bloß sinnlich. Furcht und Hoffnung bei Naturbegebenheiten, welche die Einbildungskraft in selbsttätige Wesen verwandelt, machen den Inbegriff der ganzen Religion aus. Wo geistige

Kultur anfängt, genügt dies nicht mehr. Die Seele sehnt sich dann nach dem Anschauen einer Vollkommenheit, von der ein Funke in ihr glimmt, von der sie aber ein weit höheres Maß außer sich ahndet. Dies Anschauen geht in Bewunderung und, wenn der Mensch sich ein Verhältnis zu jenem Wesen hinzudenkt, in Liebe über, aus welcher Begierde des Ähnlichwerdens, der Vereinigung entspringt. Dies findet sich auch bei denjenigen Völkern, welche noch auf den niedrigsten Stufen der Bildung stehen. Denn daraus entspringt es, wenn selbst bei den rohesten Völkern die Ersten der Nation sich von den Göttern abzustammen, zu ihnen zurückzukehren wähnen. Nur verschieden ist die Vorstellung der Gottheit nach der Verschiedenheit der Vorstellung von Vollkommenheit, die in jedem Zeitalter und unter jeder Nation herrscht. Die Götter der ältesten Griechen und Römer und die Götter unsrer entferntesten Vorfahren waren Ideale körperlicher Macht und Stärke. Als die Idee des sinnlich Schönen entstand und verfeinert ward, erhob man die personifizierte sinnliche Schönheit auf den Thron der Gottheit, und so entstand die Religion, welche man Religion der Kunst nennen könnte. Als man sich von dem Sinnlichen zum rein Geistigen, von dem Schönen zum Guten und Wahren erhob, wurde der Inbegriff aller intellektuellen und moralischen Vollkommenheit Gegenstand der Anbetung und die Religion ein Eigentum der Philosophie. Vielleicht könnte nach diesem Maßstabe der Wert der verschiedenen Religionen gegeneinander abgewogen werden, wenn Religionen nach Nationen oder Parteien, nicht nach einzelnen Individuen verschieden wären. Allein so ist Religion ganz subjektiv, beruht allein auf der Eigentümlichkeit der Vorstellungsart jedes Menschen.

Wenn die Idee einer Gottheit die Frucht wahrer geistiger Bildung ist, so wirkt sie schön und wohltätig auf die innere Vollkommenheit zurück. Alle Dinge erscheinen uns in veränderter Gestalt, wenn sie Geschöpfe planvoller Absicht, als wenn sie ein Werk eines vernunftlosen Zufalls sind. Die Ideen von Weisheit, Ordnung, Absicht, die uns zu unsrem Handlen und selbst zur Erhöhung unsrer intellektuellen Kräfte so notwendig sind, fassen festere Wurzel in unsrer Seele, wenn wir sie überall entdecken. Das

Endliche wird gleichsam unendlich, das Hinfällige bleibend, das Wandelbare stet, das Verschlungene einfach, wenn wir uns *eine* ordnende Ursach an der Spitze der Dinge und eine endlose Dauer der geistigen Substanzen denken. Unser Forschen nach Wahrheit, unser Streben nach Vollkommenheit gewinnt mehr Festigkeit und Sicherheit, wenn es ein Wesen für uns gibt, das der Quell aller Wahrheit, der Inbegriff aller Vollkommenheit ist. Widrige Schicksale werden der Seele weniger fühlbar, da Zuversicht und Hoffnung sich an sie knüpft. Das Gefühl, alles, was man besitzt, aus der Hand der Liebe zu empfangen, erhöht zugleich die Glückseligkeit und die moralische Güte. Durch Dankbarkeit bei der genossenen, durch hinlehnendes Vertrauen bei der ersehnten Freude geht die Seele aus sich heraus, brütet nicht immer in sich verschlossen über den eignen Empfindungen, Planen, Besorgnissen, Hoffnungen. Wenn sie das erhebende Gefühl entbehrt, sich allein alles zu danken, so genießt sie das entzückende, in der Liebe eines andren Wesens zu leben, ein Gefühl, worin die eigne Vollkommenheit sich mit der Vollkommenheit jenes Wesens gattet. Sie wird gestimmt, andren zu sein, was andre ihr sind; will nicht, daß andre ebenso alles aus sich selbst nehmen sollen, als sie nichts von andren empfängt. Ich habe hier nur die Hauptmomente dieser Untersuchung berührt. Tiefer in den Gegenstand einzugehen würde nach Garves meisterhafter Ausführung unnütz und vermessen sein.

So mitwirkend aber auf der einen Seite religiöse Ideen bei der moralischen Vervollkommnung sind, so wenig sind sie doch auf der andren Seite unzertrennlich damit verbunden. Die bloße Idee geistiger Vollkommenheit ist groß und füllend und erhebend genug, um nicht mehr einer andren Hülle oder Gestalt zu bedürfen. Und doch liegt jeder Religion eine Personifizierung, eine Art der Versinnlichung zum Grunde, ein Anthropomorphismus in höherem oder geringerem Grade. Jene Idee der Vollkommenheit wird auch demjenigen unaufhörlich vorschweben, der nicht gewohnt ist, die Summe alles moralisch Guten in *ein* Ideal zusammenzufassen und sich in Verhältnis zu diesem Wesen zu denken; sie wird ihm Antrieb zur Tätigkeit, Stoff aller Glückseligkeit sein. Fest durch die Erfahrung überzeugt, daß seinem Geiste Fortschreiten in höherer moralischer Stärke möglich ist, wird er mit mutigem Eifer nach dem Ziele streben, das er sich steckt. Der Gedanke der Möglichkeit der Vernichtung seines Daseins wird ihn nicht schrecken, sobald seine täuschende Einbildungskraft nicht mehr im Nichtsein das Nichtsein noch fühlt. Seine unabänderliche Abhängigkeit von äußeren Schicksalen drückt ihn nicht; gleichgültiger gegen äußres Genießen und Entbehren, blickt er nur auf das rein Intellektuelle und Moralische hin, und kein Schicksal vermag etwas über das Innre seiner Seele. Sein Geist fühlt sich durch Selbstgenügsamkeit unabhängig, durch die Fülle seiner Ideen und das Bewußtsein seiner innren Stärke über den Wandel der Dinge gehoben. Wenn er nun in seine Vergangenheit zurückgeht, Schritt vor Schritt aufsucht, wie er jedes Ereignis bald auf diese, bald auf jene Weise benutzte, wie er nach und nach zu dem ward, was er jetzt ist, wenn er so Ursach und Wirkung, Zweck und Mittel, alles in sich vereint sieht und dann voll des edelsten Stolzes, dessen endliche Wesen fähig sind, ausruft:

Hast du nicht alles selbst vollendet,
Heilig glühend Herz?

wie müssen da in ihm alle die Ideen von Alleinsein, von Hilflosigkeit, von Mangel an Schutz und Trost und Beistand verschwinden, die man gewöhnlich da glaubt, wo eine persönliche, ordnende, vernünftige Ursach der Kette des Endlichen fehlt. Dieses Selbstgefühl, dieses in und durch sich Sein wird ihn auch nicht hart und unempfindlich gegen andre Wesen machen, sein Herz nicht der teilnehmenden Liebe und jeder wohlwollenden Neigung verschließen. Eben diese Idee der Vollkommenheit, die wahrlich nicht bloß kalte Idee des Verstandes ist, sondern warmes Gefühl des Herzens sein kann, auf die sich seine ganze Wirksamkeit bezieht, trägt sein Dasein in das Dasein andrer über. Es liegt ja in ihnen gleiche Fähigkeit zu größerer Vollkommenheit, diese Vollkommenheit kann er hervorbringen oder erhöhen. Er ist noch nicht ganz von dem höchsten Ideale aller Moralität durchdrungen, solange er noch sich oder andre einzeln zu betrachten vermag, solange nicht alle geistige Wesen in der Summe der in ihnen einzeln zerstreut liegenden Vollkommenheit in seiner Vorstellung zusammenfließen. Vielleicht ist seine Vereinigung mit den übrigen, ihm gleichartigen Wesen noch inniger, seine Teilnahme an ihrem Schicksale noch wärmer, je mehr sein und ihr Schicksal, seiner Vorstellung nach, allein von ihm und von ihnen abhängt.

Setzt man vielleicht, und nicht mit Unrecht, dieser Schilderung den Einwurf entgegen, daß sie, um Realität zu erhalten, eine außerordentliche, nicht bloß gewöhnliche Stärke des Geistes und des Charakters erfordert, so darf man wiederum nicht vergessen, daß dies in gleichem Grade da der Fall ist, wo religiöse Gefühle ein wahrhaft schönes, von Kälte und Schwärmerei gleich fernes Dasein hervorbringen sollen. Auch würde dieser Einwurf überhaupt nur passend sein, wenn ich die Beförderung der zuletzt geschilderten Stimmung vorzugsweise empfohlen hätte. Allein so geht meine Absicht schlechterdings allein dahin, zu zeigen, daß die Moralität auch bei der höchsten Konsequenz des Menschen schlechterdings nicht von der Religion abhängig oder überhaupt notwendig mit ihr verbunden ist, und dadurch auch an meinem Teile zu der Entfernung auch des mindesten Schattens von Intoleranz und der Beförderung derjenigen Achtung beizutragen, welche den Menschen immer für die Denkungs- und Empfindungsweise des Menschen erfüllen sollte. Um diese Vorstellungsart noch mehr zu rechtfertigen, könnte ich jetzt auf der andren Seite auch den nachteiligen Einfluß schildern, welches die religiöseste Stimmung, wie die am meisten entgegengesetzte, fähig ist. Allein es ist gehässig, bei so wenig angenehmen Gemälden zu verweilen, und die Geschichte schon stellt ihrer zur Genüge auf. Vielleicht führt es auch sogar eine größere Evidenz mit sich, auf die Natur der Moralität selbst und auf die genaue Verbindung, nicht bloß der Religiosität, sondern auch der Religionssysteme der Menschen mit ihren Empfindungssystemen einen flüchtigen Blick zu werfen.

Nun ist weder dasjenige, was die Moral als Pflicht vorschreibt, noch dasjenige, was ihren Gesetzen gleichsam die Sanktion gibt, was ihnen Interesse für den Willen leiht, von Religionsideen abhängig. Ich führe hier nicht an, daß eine solche Abhängigkeit sogar der Reinheit des moralischen Willens Abbruch tun würde. Man könnte vielleicht diesem Grundsatz in einem aus der Erfahrung geschöpften und auf die Erfahrung anzuwendenden Räsonnement, wie das gegenwärtige, die hinlängliche Gültigkeit absprechen. Allein die Beschaffenheiten einer Handlung, welche dieselbe zur Pflicht machen, entspringen teils aus der Natur der menschlichen Seele, teils aus der näheren Anwendung auf die Verhältnisse der Menschen gegeneinander, und wenn dieselben auch unleugbar in einem ganz vorzüglichen Grade durch religiöse Gefühle empfohlen werden, so ist dies weder das einzige noch auch bei weitem ein auf alle Charaktere anwendbares Mittel. Vielmehr beruht die Wirksamkeit der Religion schlechterdings auf der individuellen Beschaffenheit der Menschen und ist im strengsten Verstande subjektiv. Der kalte, bloß nachdenkende Mensch, in dem die Erkenntnis nie in Empfindung übergeht, dem es genug ist, das Verhältnis der Dinge und Handlungen einzusehen, um seinen Willen danach zu bestimmen, bedarf keines Religionsgrundes, um tugendhaft zu handlen und, soviel es seinem Charakter nach möglich ist, tugendhaft zu sein. Ganz anders ist es hingegen, wo die Fähigkeit zu empfinden sehr stark ist, wo jeder Gedanke leicht Gefühl wird. Allein auch hier sind die Nuancen unendlich verschieden. Wo die Seele einen starken Hang fühlt, aus sich hinaus in andre überzugehen, an andre sich anzuschließen, da werden Religionsideen wirksame Triebfedern sein. Dagegen gibt es Charaktere, in welchen eine so innige Konsequenz aller Ideen und Empfindungen herrscht, die eine so große Tiefe der Erkenntnis und des Gefühls besitzen, daß daraus eine Stärke und Selbständigkeit hervorgeht, welche das Hingeben des ganzen Seins an ein fremdes Wesen, das Vertrauen auf fremde Kraft, wodurch sich der Einfluß der Religion so vorzüglich äußert, weder fordert noch erlaubt. Selbst die Lagen, welche erfordert werden, um auf Religionsideen zurückzukommen, sind nach Verschiedenheit der Charaktere verschieden. Bei dem einen ist jede starke Rührung – Freude oder Kummer –, bei dem andren nur das frohe Gefühl aus dem Genuß entspringender Dankbarkeit dazu hinreichend. Die letzteren Charaktere verdienen vielleicht nicht die wenigste Schätzung. Sie sind auf der einen Seite stark genug, um im Unglück nicht fremde Hilfe zu suchen, und haben auf der andren zu viel Sinn für das Gefühl, geliebt zu werden, um nicht an die Idee des Genusses gern die Idee eines liebevollen Gebers zu knüpfen. Oft hat auch die Sehnsucht nach religiösen Ideen noch einen edleren, reineren, wenn ich so sagen darf, mehr intellektuellen Quell. Was der Mensch irgend um sich her erblickt, vermag er allein durch die Vermittlung seiner Organe aufzufassen; nirgends offenbart sich ihm unmittelbar das reine Wesen der Dinge; gerade das, was am heftigsten seine Liebe erregt, am unwiderstehlichsten sein ganzes Innres ergreift, ist mit dem dichtesten Schleier umhüllt; sein ganzes Leben hindurch ist seine Tätigkeit Bestreben, den Schleier zu durchdringen, seine Wollust Ahnden der Wahrheit in dem Rätsel des Zeichens, Hoffen der unvermittelten Anschauung in andren Perioden seines Daseins. Wo nun in wundervoller und schöner Harmonie nach der unvermittelten Anschauung des wirklichen Daseins der Geist rastlos forscht und das Herz sehnsuchtsvoll verlangt, wo der Tiefe der Denkkraft nicht die Dürftigkeit des Begriffs und der Wärme des Gefühls nicht das Schattenbild der Sinne und der Phantasie genügt, da folgt der Glaube unaufhaltbar dem eigentümlichen Triebe der Vernunft, jeden Begriff bis zur Hinwegräumung aller Schranken, bis zum Ideal zu erweitern, und heftet sich fest an ein Wesen, das alle andre Wesen umschließt und rein und ohne Vermittlung existiert, anschaut und schafft. Allein oft beschränkt auch eine genügsamere Bescheidenheit den Glauben innerhalb des Gebiets der Erfahrung; oft vergnügt sich zwar das Gefühl gern an dem der Vernunft so eignen Ideal, findet aber einen wollustvolleren Reiz in dem Bestreben, eingeschränkt auf die Welt, für die ihm Empfänglichkeit gewährt ist, die sinnliche und unsinnliche Natur enger zu verweben, dem Zeichen einen reicheren Sinn und der Wahrheit ein verständlicheres, ideenfruchtbareres Zeichen zu leihen; und oft wird so der Mensch für das Entbehren jener trunknen Begeisterung hoffender Erwartung, indem er seinem Blick in unendliche Fernen zu schweifen verbietet, durch das ihn immer begleitende Bewußtsein des Gelingens seines Bestrebens entschädigt. Sein minder kühner Gang ist doch sichrer; der Begriff des Verstandes, an den er sich festhält, bei minderem Reichtum, doch klarer; die sinnliche Anschauung, wenngleich weniger der Wahrheit treu, doch für ihn tauglicher, zur Erfahrung verbunden zu werden. Nichts bewundert der Geist des Menschen überhaupt so willig und mit so voller Einstimmung seines Gefühls als weisheitsvolle Ordnung in einer zahllosen Menge mannigfaltiger, vielleicht sogar miteinander streitender Individuen. Indes ist diese Bewunderung einigen noch in einem bei weitem vorzüglicheren Grade eigen, und diese verfolgen daher vor allem gern die Vorstellungsart, nach welcher *ein* Wesen die Welt schuf und ordnete und mit sorgender Weisheit erhält. Allein andren ist gleichsam die Kraft des Individuums heiliger, andre fesselt diese mehr als die Allgemeinheit der Anordnung, und es stellt sich ihnen daher öfter und natürlicher der, wenn ich so sagen darf, entgegengesetzte Weg dar, der nämlich, auf welchem das Wesen der Individuen selbst, indem es sich in sich entwickelt und durch Einwirkung gegenseitig modifiziert, sich selbst zu der Harmonie stimmt, in welcher allein der Geist wie das Herz des Menschen zu ruhen vermag. Ich bin weit entfernt zu wähnen, mit diesen wenigen Schilderungen die Mannigfaltigkeit des Stoffs, dessen Reichtum jeder Klassifikation widerstrebt, erschöpft zu haben. ich habe nur an ihnen wie an Beispielen zeigen wollen, daß die wahre Religiosität, so wie auch jedes wahre Religionssystem, im höchsten Verstande aus dem innersten Zusammenhange der Empfindungsweise des Menschen entspringt. Unabhängig von der Empfindung und der Verschiedenheit des Charakters ist nun zwar das, was in den Religionsideen rein Intellektuelles liegt, die Begriffe von Absicht, Ordnung, Zweckmäßigkeit, Vollkommenheit. Allein einmal ist hier nicht sowohl von diesen Begriffen an sich als von ihrem Einfluß auf die Menschen die Rede, welcher letztere unstreitig keinesweges eine gleiche Unabhängigkeit behauptet; und dann sind auch diese der Religion nicht ausschließend eigen. Die Idee von Vollkommenheit wird zuerst aus der lebendigen Natur geschöpft, dann auf die leblose übergetragen, endlich nach und nach bis zu dem Allvollkommnen hinauf von allen Schranken entblößt. Nun aber bleiben lebendige und leblose Natur dieselben, und ist es nicht möglich, die ersten Schritte zu tun und doch vor dem letzten stehenzubleiben? Wenn nun alle Religiosität so gänzlich auf den mannigfaltigen Modifikationen des Charakters und vorzüglich des Gefühls beruht, so muß auch ihr Einfluß auf die Sittlichkeit ganz und gar nicht von der Materie gleichsam des Inhalts der angenommenen Sätze, sondern von der Form des Annehmens, der Überzeugung, des Glaubens abhängig sein. Diese Bemerkung, die mir gleich in der Folge von großem Nutzen sein wird, hoffe ich durch das bisherige hinlänglich gerechtfertigt zu haben. Was ich vielleicht allein hier noch fürchten darf, ist der Vorwurf, in allem, was ich sagte, nur den sehr von der Natur und den Umständen begünstigten, interessanten und eben darum seltenen Menschen vor Augen gehabt zu haben. Allein die Folge wird, hoffe ich, zeigen, daß ich den freilich größeren Haufen keineswegs übersehe, und es scheint mir unedel, überall da, wo es der Mensch ist, welcher die Untersuchung beschäftigt, nicht von den höchsten Gesichtspunkten auszugehen.

Kehre ich jetzt – nach diesem allgemeinen, auf die Religion und ihren Einfluß im Leben geworfenen Blick – auf die Frage zurück, ob der Staat durch die Religion auf die Sitten der Bürger wirken darf oder nicht, so ist es gewiß, daß die Mittel, welche der Gesetzgeber zum Behuf der moralischen Bildung anwendet, immer in dem Grade nützlich und zweckmäßig sind, in welchem sie die innere Entwickelung der Fähigkeiten und Neigungen begünstigen. Denn alle Bildung hat ihren Ursprung allein in dem Innern der Seele und kann durch äußre Veranstaltungen nur veranlaßt, nie hervorgebracht werden. Daß nun die Religion, welche ganz auf Ideen, Empfindungen und innerer Überzeugung beruht, ein solches Mittel sei, ist unleugbar. Wir bilden den Künstler, indem wir sein Auge an den Meisterwerken der Kunst üben, seine Einbildungskraft mit den schönen Gestalten der Produkte des Altertums nähren. Ebenso muß der sittliche Mensch gebildet werden durch das Anschauen hoher moralischer Vollkommenheit, im Leben durch Umgang und durch zweckmäßiges Studium der Geschichte, endlich durch das Anschauen der höchsten, idealischen Vollkommenheit im Bilde der Gottheit. Aber diese letztere Ansicht ist, wie ich im vorigen gezeigt zu haben glaube, nicht für jedes Auge gemacht, oder um ohne Bild zu reden, diese Vorstellungsart ist nicht jedem Charakter angemessen. Wäre sie es aber auch, so ist sie doch nur da wirksam, wo sie aus dem

Zusammenhange aller Ideen und Empfindungen entspringt, wo sie mehr von selbst aus dem Innern der Seele hervorgeht, als von außen in dieselbe gelegt wird. Wegräumung der Hindernisse, mit Religionsideen vertraut zu werden, und Begünstigung des freien Untersuchungsgeistes sind folglich die einzigen Mittel, deren der Gesetzgeber sich bedienen darf; geht er weiter, sucht er die Religiosität direkt zu befördern oder zu leiten, oder nimmt er gar gewisse bestimmte Ideen in Schutz, fordert er statt wahrer Überzeugung Glauben auf Autorität, so hindert er das Aufstreben des Geistes, die Entwicklung der Seelenkräfte, so bringt er vielleicht durch Gewinnung der Einbildungskraft, durch augenblickliche Rührungen Gesetzmäßigkeit der Handlungen seiner Bürger, aber nie wahre Tugend hervor. Denn wahre Tugend ist unabhängig von aller und unverträglich mit befohlner und auf Autorität geglaubter Religion.

Wenn jedoch gewisse Religionsgrundsätze auch nur gesetzmäßige Handlungen hervorbringen, ist dies nicht genug, um den Staat zu berechtigen, sie auch auf Kosten der allgemeinen Denkfreiheit zu verbreiten? Die Absicht des Staats wird erreicht, wenn seine Gesetze streng befolgt werden, und der Gesetzgeber hat seiner Pflicht ein Genüge getan, wenn er weise Gesetze gibt und ihre Beobachtung von seinen Bürgern zu erhalten weiß. Überdies paßt jener aufgestellte Begriff von Tugend nur auf einige wenige Klassen der Mitglieder eines Staats, nur auf die, welche ihre äußre Lage in den Stand setzt, einen großen Teil ihrer Zeit und ihrer Kräfte dem Geschäfte ihrer inneren Bildung zu weihen. Die Sorgfalt des Staats muß sich auf die größere Anzahl erstrecken, und diese ist jenes höheren Grades der Moralität unfähig.

Ich erwähne hier nicht mehr der Sätze, welche ich in dem Anfange dieses Aufsatzes zu entwickeln versucht habe und die in der Tat den Grund dieser Einwürfe umstoßen, die Sätze nämlich, daß die Staatseinrichtung an sich nicht Zweck, sondern nur Mittel zur Bildung des Menschen ist und daß es daher dem Gesetzgeber nicht genügen kann, seinen Aussprüchen Autorität zu verschaffen, wenn nicht zugleich die Mittel, wodurch diese Autorität bewirkt wird, gut oder doch unschädlich sind. Es ist aber auch unrichtig, daß dem Staate allein die Handlungen seiner Bürger und ihre Gesetzmäßigkeit wichtig sei. Ein Staat ist eine so zusammengesetzte und verwickelte Maschine, daß Gesetze, die immer nur einfach, allgemein und von geringer Anzahl sein müssen, unmöglich allein darin hinreichen können. Das meiste bleibt immer den freiwilligen einstimmigen Bemühungen der Bürger zu tun übrig. Man braucht nur den Wohlstand kultivierter und aufgeklärter Nationen mit der Dürftigkeit roher und ungebildeter Völker zu vergleichen, um von diesem Satze überzeugt zu werden. Daher sind auch die Bemühungen aller, die sich je mit Staatseinrichtungen beschäftigt haben, immer dahin gegangen, das Wohl des Staats zum eignen Interesse des Bürgers zu machen und den Staat in eine Maschine zu verwandeln, die durch die innere Kraft ihrer Triebfedern in Gang erhalten würde und nicht unaufhörlich neuer äußrer Einwirkungen bedürfte. Wenn die neueren Staaten sich eines Vorzugs vor den alten rühmen dürfen, so ist es vorzüglich, weil sie diesen Grundsatz mehr realisierten. Selbst daß sie sich der Religion als eines Bildungsmittels bedienen, ist ein Beweis davon. Doch auch die Religion, insofern nämlich durch gewisse bestimmte Sätze nur gute Handlungen hervorgebracht oder durch positive Leitung überhaupt auf die Sitten gewirkt werden soll, wie es hier der Fall ist, ist ein fremdes, von außen einwirkendes Mittel. Daher muß es immer des Gesetzgebers letztes, aber – wie ihn wahre Kenntnis des Menschen bald lehren wird – nur durch Gewährung der höchsten Freiheit erreichbares Ziel bleiben, die Bildung der Bürger bis dahin zu erhöhen, daß sie alle Triebfedern zur Beförderung des Zwecks des Staats allein in der Idee des Nutzens finden, welchen ihnen die Staatseinrichtung zu Erreichung ihrer individuellen Absichten gewährt. Zu dieser Einsicht aber ist Aufklärung und hohe Geistesbildung notwendig, welche da nicht emporkommen können, wo der freie Untersuchungsgeist durch Gesetze beschränkt wird.

Nur daß man sich überzeugt hält, ohne bestimmte, geglaubte Religionssätze oder wenigstens ohne Aufsicht des Staats auf die Religion der Bürger könne auch äußre Ruhe und Sittlichkeit nicht bestehen, ohne sie sei es der bürgerlichen Gewalt unmöglich, das Ansehen der Gesetze zu erhalten, macht, daß man jenen Betrachtungen kein Gehör gibt. Und doch bedürfte der Einfluß, den Religionssätze, die auf diese Weise angenommen werden, und überhaupt jede durch Veranstaltungen des Staats beförderte Religiosität haben soll, wohl erst einer strengeren und genaueren Prüfung. Bei dem rohern Teile des Volks rechnet man von allen Religionswahrheiten am meisten auf die Ideen künftiger Belohnungen und Bestrafungen. Diese mindern den Hang zu unsittlichen Handlungen nicht, befördern nicht die Neigung zum Guten, verbessern also den Charakter nicht, sie wirken bloß auf die Einbildungskraft, haben folglich, wie Bilder der Phantasie überhaupt, Einfluß auf die Art zu handlen, ihr Einfluß wird aber auch durch alles das vermindert und aufgehoben, was die Lebhaftigkeit der Einbildungskraft schwächt. Nimmt man nun hinzu, daß diese Erwartungen so entfernt und darum, selbst nach den Vorstellungen der Gläubigsten, so ungewiß sind, daß die Ideen von nachheriger Reue, künftiger Besserung, gehoffter Verzeihung, welche durch gewisse Religionsbegriffe so sehr begünstigt werden – ihnen einen großen Teil ihrer Wirksamkeit wiederum nehmen, so ist es unbegreiflich, wie diese Ideen mehr wirken sollten als die Vorstellung bürgerlicher Strafen, die nah, bei guten Polizeianstalten gewiß und weder durch Reue noch nachfolgende Besserung abwendbar sind, wenn man nur von Kindheit an die Bürger ebenso mit diesen als mit jenen Folgen sittlicher und unsittlicher Handlungen bekannt machte. Unleugbar wirken freilich auch weniger aufgeklärte Religionsbegriffe bei einem großen Teile des Volks auf eine edlere Art. Der Gedanke, Gegenstand der Fürsorge eines allweisen und vollkommnen Wesens zu sein, gibt ihnen mehr Würde, die Zuversicht einer endlosen Dauer führt sie auf höhere Gesichtspunkte, bringt mehr Absicht und Plan in ihre Handlungen, das Gefühl der liebevollen Güte der Gottheit gibt ihrer Seele eine ähnliche Stimmung, kurz die Religion flößt ihnen Sinn für die Schönheit der Tugend ein. Allein wo die Religion diese Wirkungen haben soll, da muß sie schon in den Zusammenhang der Ideen und Empfindungen ganz übergegangen sein, welches nicht leicht möglich ist, wenn der freie Untersuchungsgeist gehemmt und alles auf den Glauben zurückgeführt wird; da muß auch schon Sinn für bessere Gefühle vorhanden sein; da entspringt sie mehr aus einem nur noch unentwickelten Hange zur Sittlichkeit, auf den sie hernach nur wieder zurückwirkt. Und überhaupt wird ja niemand den Einfluß der Religion auf die Sittlichkeit ganz ableugnen wollen; es fragt sich nur immer, ob er von einigen bestimmten Religionssätzen abhängt, und dann, ob er so entschieden ist, daß Moralität und Religion darum in unzertrennlicher Verbindung miteinander stehen. Beide Fragen müssen, glaube ich, verneint werden. Die Tugend stimmt so sehr mit den ursprünglichen Neigungen des Menschen überein, die Gefühle der Liebe, der Verträglichkeit, der Gerechtigkeit haben so etwas Süßes, die der uneigennützigen Tätigkeit, der Aufopferung für andre so etwas Erhebendes, die Verhältnisse, welche daraus im häuslichen und im gesellschaftlichen Leben überhaupt entspringen, sind so beglückend, daß es weit weniger notwendig ist, neue Triebfedern zu tugendhaften Handlungen hervorzusuchen, als nur denen, welche schon von selbst in der Seele liegen, freiere und ungehindertere Wirksamkeit zu verschaffen.

Wollte man aber auch weiter gehen, wollte man neue Beförderungsmittel hinzufügen, so dürfte man doch nie einseitig vergessen, ihren Nutzen gegen ihren Schaden abzuwägen. Wie vielfach aber der Schade eingeschränkter Denkfreiheit ist, bedarf wohl, nachdem es so oft gesagt und wieder gesagt ist, keiner weitläuftigen Auseinandersetzung mehr; und ebenso enthält der Anfang dieses Aufsatzes schon alles, was ich über den Nachteil jeder positiven Beförderung der Religiosität durch den Staat zu sagen für notwendig halte. Erstreckte sich dieser Schade bloß auf die Resultate der Untersuchungen, brächte er bloß Unvollständigkeit oder Unrichtigkeit in unsrer wissenschaftlichen Erkenntnis hervor, so möchte es vielleicht einigen Schein haben, wenn man den Nutzen, den man für den Charakter davon erwartet – auch erwarten darf? –, dagegen abwägen wollte. Allein so ist der Nachteil bei weitem beträchtlicher. Der Nutzen freier Untersuchung dehnt sich auf unsre ganze Art, nicht bloß zu denken, sondern zu handlen, aus. In einem Manne, der gewohnt ist, Wahrheit und Irrtum ohne Rücksicht auf äußre Verhältnisse für sich und gegen andre zu beurteilen und von andren beurteilt zu hören, sind alle Prinzipien des Handlens durchdachter, konsequenter, aus höheren Gesichtspunkten hergenommen als in dem, dessen Untersuchungen unaufhörlich von Umständen geleitet werden, die nicht in der Untersuchung selbst liegen. Untersuchung und Überzeugung, die aus der Untersuchung entspringt, ist Selbsttätigkeit; Glaube Vertrauen auf fremde Kraft, fremde intellektuelle oder moralische Vollkommenheit. Daher entsteht in dem untersuchenden Denker mehr Selbständigkeit, mehr Festigkeit, in dem vertrauenden Gläubigen mehr Schwäche, mehr Untätigkeit. Es ist wahr, daß der Glaube, wo er ganz herrscht und jeden Zweifel erstickt, sogar einen noch unüberwindlicheren Mut, eine noch ausdauerndere Stärke hervorbringt; die Geschichte aller Schwärmer lehrt es. Allein diese Stärke ist nur da wünschenswert, wo es auf einen äußren bestimmten Erfolg ankommt, zu welchem bloß maschinenmäßiges Wirken erfordert wird, nicht da, wo man eignes Beschließen, durchdachte, auf Gründen der Vernunft beruhende Handlungen oder gar innere Vollkommenheit erwartet. Denn diese Stärke selbst beruht nur auf der Unterdrückung aller eignen Tätigkeit der Vernunft. Zweifel sind nur dem quälend, welcher glaubt, nie dem, welcher bloß der eignen Untersuchung folgt. Denn überhaupt sind diesem die Resultate weit weniger wichtig als jenem. Er ist sich während der Untersuchung der Tätigkeit, der Stärke seiner Seele bewußt, er fühlt, daß seine wahre Vollkommenheit, seine Glückseligkeit eigentlich auf dieser Stärke beruht; statt daß Zweifel an den Sätzen, die er bisher für wahr hielt, ihn drücken sollten, freut es ihn, daß seine Denkkraft so viel gewonnen hat, Irrtümer einzusehen, die ihr vorher verborgen blieben. Der Glaube hingegen kann nur Interesse an dem Resultat selbst finden, denn für ihn liegt in der erkannten Wahrheit nichts mehr. Zweifel, die seine Vernunft erregt, peinigen ihn. Denn sie sind nicht, wie in dem selbstdenkenden Kopfe, neue Mittel, zur Wahrheit zu gelangen; sie nehmen ihm bloß die Gewißheit, ohne ihm ein Mittel anzuzeigen, dieselbe auf eine andre Weise wieder zu erhalten. Diese Betrachtung weiter verfolgt, führt auf die Bemerkung, daß es überhaupt nicht gut ist, einzelnen Resultaten eine so große Wichtigkeit beizumessen, zu glauben, daß entweder so viele andre Wahrheiten oder so viele äußre oder innere nützliche Folgen von ihnen abhängen. Es wird dadurch zu leicht ein Stillstand in der Untersuchung hervorgebracht, und so arbeiten manchmal die freiesten und aufgeklärtesten Behauptungen gerade gegen den Grund, ohne den sie selbst nie hätten emporkommen können. So wichtig ist Geistesfreiheit, so schädlich jede Einschränkung derselben. Auf der andren Seite hingegen fehlt es dem Staate nicht an Mitteln, die Gesetze aufrechtzuerhalten und Verbrechen zu verhüten. Man verstopfe, so viel es möglich ist, diejenigen Quellen unsittlicher Handlungen, welche sich in der Staatseinrichtung selbst finden, man schärfe die Aufsicht der Polizei auf begangene Verbrechen, man strafe auf eine zweckmäßige Weise, und man wird seines Zwecks nicht verfehlen. Und vergißt man denn, daß die Geistesfreiheit selbst und die Aufklärung, die nur unter ihrem Schutze gedeiht, das wirksamste aller Beförderungsmittel der Sicherheit ist? Wenn alle übrige nur den Ausbrüchen wehren, so wirkt sie auf Neigungen und Gesinnungen; wenn alle übrige nur eine Übereinstimmung äußrer Handlungen hervorbringen, so schafft sie eine innere Harmonie des Willens und des Bestrebens. Wann wird man aber auch endlich aufhören, die äußeren Folgen der Handlungen höher zu achten als die innere geistige Stimmung, aus welcher sie fließen? wann wird der Mann aufstehen, der für die Gesetzgebung ist, was Rousseau der Erziehung war, der den Gesichtspunkt von den äußren physischen Erfolgen hinweg auf die innere Bildung des Menschen zurückzieht?

Man glaube auch nicht, daß jene Geistesfreiheit und Aufklärung nur für einige wenige des Volks sei, daß für den größeren Teil desselben, dessen Geschäftigkeit freilich durch die Sorge für die physischen Bedürfnisse des Lebens erschöpft wird, sie unnütz bleibe oder gar nachteilig werde, daß man auf ihn nur durch Verbreitung bestimmter Sätze, durch Einschränkung der Denkfreiheit wirken könne. Es liegt schon an sich etwas die Menschheit Herabwürdigendes in dem Gedanken, irgendeinem Menschen das Recht abzusprechen, ein Mensch zu sein. Keiner steht auf einer so niedrigen Stufe der Kultur, daß er zu Erreichung einer höheren unfähig wäre; und sollten auch die aufgeklärteren religiösen und philosophischen Ideen auf einen großen Teil der Bürger nicht unmittelbar übergehen können, sollte man dieser Klasse von Menschen, um sich an ihre Ideen anzuschmiegen, die Wahrheit in einem andren Kleide vortragen müssen, als man sonst wählen würde, sollte man genötigt sein, mehr zu ihrer Einbildungskraft und zu ihrem Herzen als zu ihrer kalten Vernunft zu reden, so verbreitet sich doch die Erweiterung, welche alle wissenschaftliche Erkenntnis durch Freiheit und Aufklärung erhält, auch bis auf sie herunter, so dehnen sich doch die wohltätigen Folgen der freien, uneingeschränkten Untersuchung auf den Geist und den Charakter der ganzen Nation bis in ihre geringsten Individua hin aus.

Um diesem Räsonnement, weil es sich großenteils nur auf den Fall bezieht, wenn der Staat gewisse Religionssätze zu verbreiten bemüht ist, eine größere Allgemeinheit zu geben, muß ich noch an den im vorigen entwickelten Satz erinnern, daß aller Einfluß der Religion auf die Sittlichkeit weit mehr – wenn nicht allein – von der Form abhängt, in welcher gleichsam die Religion im Menschen existiert, als von dem Inhalte der Sätze, welche sie ihm heilig macht. Nun aber wirkt jede Veranstaltung des Staats, wie ich gleichfalls im vorigen zu zeigen versucht habe, nur mehr oder minder auf diesen Inhalt, indes der Zugang zu jener Form – wenn ich mich dieses Ausdrucks ferner bedienen darf – ihm so gut als gänzlich verschlossen ist. Wie Religion in einem Menschen von selbst entstehe, wie er sie aufnehme, dies hängt gänzlich von seiner ganzen Art, zu sein, zu denken und zu empfinden, ab. Auch nun angenommen, der Staat wäre imstande, diese auf eine seinen Absichten bequeme Weise umzuformen – wovon doch die Unmöglichkeit wohl unleugbar ist –, so wäre ich in der Rechtfertigung der in dem ganzen bisherigen Vortrage aufgestellten Behauptungen sehr unglücklich gewesen, wenn ich hier noch alle die Gründe wiederholen müßte, welche es dem Staate überall verbieten, sich des Menschen, mit Übersehung der individuellen Zwecke desselben, eigenmächtig zu seinen Absichten zu bedienen. Daß auch hier nicht absolute Notwendigkeit eintritt, welche allein vielleicht eine Ausnahme zu rechtfertigen vermöchte, zeigt die Unabhängigkeit der Moralität von der Religion, die ich darzutun versucht habe, und werden diejenigen Gründe noch in ein helleres Licht stellen, durch die ich bald zu zeigen gedenke, daß die Erhaltung der innerlichen Sicherheit in einem

Staate keineswegs es erfordert, den Sitten überhaupt eine eigne bestimmte Richtung zu geben. Wenn aber irgend etwas in den Seelen der Bürger einen fruchtbaren Boden für die Religion zu bereiten vermag, wenn irgend etwas die fest aufgenommene und in das Gedanken- wie in das Empfindungssystem übergegangene Religion wohltätig auf die Sittlichkeit zurückwirken läßt, so ist es die Freiheit, welche doch immer, wie wenig es auch sei, durch eine positive Sorgfalt des Staats leidet. Denn je mannigfaltiger und eigentümlicher der Mensch sich ausbildet, je höher sein Gefühl sich emporschwingt, desto leichter richtet sich auch sein Blick von dem engen, wechselnden Kreise, der ihn umgibt, auf das hin, dessen Unendlichkeit und Einheit den Grund jener Schranken und jenes Wechsels enthält, er mag nun ein solches Wesen zu finden oder nicht zu finden vermeinen. Je freier ferner der Mensch ist, desto selbständiger wird er in sich und desto wohlwollender gegen andre. Nun aber führt nichts so der Gottheit zu als wohlwollende Liebe; und macht nichts so das Entbehren der Gottheit der Sittlichkeit unschädlich als Selbständigkeit, die Kraft, die sich in sich genügt und sich auf sich beschränkt. Je höher endlich das Gefühl der Kraft in dem Menschen, je ungehemmter jede Äußerung derselben, desto williger sucht er ein inneres Band, das ihn leite und führe, und so bleibt er der Sittlichkeit hold, es mag nun dies Band ihm Ehrfurcht und Liebe der Gottheit oder Belohnung des eignen Selbstgefühls sein. Der Unterschied scheint mir demnach der: der in Religionssachen völlig sich selbst gelassene Bürger wird nach seinem individuellen Charakter religiöse Gefühle in sein Innres verweben oder nicht; aber in jedem Fall wird sein Ideensystem konsequenter, seine Empfindung tiefer, in seinem Wesen mehr Einheit sein, und so wird ihn Sittlichkeit und Gehorsam gegen die Gesetze mehr auszeichnen. Der durch mancherlei Anordnungen beschränkte hingegen wird – trotz derselben – ebenso verschiedne Religionsideen aufnehmen oder nicht; allein in jedem Fall wird er weniger Konsequenz der Ideen, weniger Innigkeit des Gefühls, weniger Einheit des Wesens besitzen, und so wird er die Sittlichkeit minder ehren und dem Gesetz öfter ausweichen wollen.

Ohne also weitere Gründe hinzuzufügen, glaube ich demnach den auch an sich nicht neuen Satz aufstellen zu dürfen, daß alles, was die Religion betrifft, außerhalb der Grenzen der Wirksamkeit des Staats liegt und daß die Prediger, wie der ganze Gottesdienst überhaupt, eine ohne alle besondre Aufsicht des Staats zu lassende Einrichtung der Gemeinen sein müßten.

## VIII

Das letzte Mittel, dessen sich die Staaten zu bedienen pflegen, um eine ihrem Endzweck der Beförderung der Sicherheit angemessene Umformung der Sitten zu bewirken, sind einzelne Gesetze und Verordnungen. Da aber dies ein Weg ist, auf welchem Sittlichkeit und Tugend nicht unmittelbar befördert werden kann, so müssen sich einzelne Einrichtungen dieser Art natürlich darauf beschränken, einzelne Handlungen der Bürger zu verbieten oder zu bestimmen, die teils an sich, jedoch ohne fremde Rechte zu kränken, unsittlich sind, teils leicht zur Unsittlichkeit führen. Dahin gehören vorzüglich alle den Luxus einschränkende Gesetze. Denn nichts ist unstreitig eine so reiche und gewöhnliche Quelle unsittlicher, selbst gesetzwidriger Handlungen als das zu große Übergewicht der Sinnlichkeit in der Seele oder das Mißverhältnis der Neigungen und Begierden überhaupt gegen die Kräfte der Befriedigung, welche die äußre Lage darbietet. Wenn Enthaltsamkeit und Mäßigkeit die Menschen mit den ihnen angewiesenen Kreisen zufriedner macht, so suchen sie minder, dieselben auf eine die Rechte andrer beleidigende oder wenigstens ihre eigne Zufriedenheit und Glückseligkeit störende Weise zu verlassen. Es scheint daher dem wahren Endzweck des Staats angemessen, die Sinnlichkeit – aus welcher eigentlich alle Kollisionen unter den Menschen entspringen, da das, worin geistige Gefühle überwiegend sind, immer und überall harmonisch miteinander bestehen kann – in den gehörigen Schranken zu halten und, weil dies freilich das leichteste Mittel hierzu scheint, so viel als möglich zu unterdrücken. Bleibe ich indes den bisher behaupteten Grundsätzen getreu, immer erst an dem wahren Interesse des Menschen die Mittel zu prüfen, deren der Staat sich bedienen darf, so wird es notwendig sein, mehr den Einfluß der Sinnlichkeit auf das Leben, die Bildung, die Tätigkeit und die Glückseligkeit des Menschen, soviel es zu dem gegenwärtigen Endzwecke dient, zu untersuchen – eine Untersuchung, welche, indem sie den tätigen und genießenden Menschen überhaupt in seinem Innern zu schildern versucht, zugleich anschaulicher darstellen wird, wie schädlich oder wohltätig demselben überhaupt Einschränkung und Freiheit ist. Erst wenn dies geschehen ist, dürfte sich die Befugnis des Staats, auf die Sitten der Bürger positiv zu wirken, in der höchsten Allgemeinheit beurteilen und damit dieser Teil der Auflösung der vorgelegten Frage beschließen lassen.

Die sinnlichen Empfindungen, Neigungen und Leidenschaften sind es, welche sich zuerst und in den heftigsten Äußerungen im Menschen zeigen. Wo sie, ehe noch Kultur sie verfeinert oder der Energie der Seele eine andre Richtung gegeben hat, schweigen, da ist auch alle Kraft erstorben, und es kann nie etwas Gutes und Großes gedeihen. Sie sind es gleichsam, welche wenigstens zuerst der Seele eine belebende Wärme einhauchen, zuerst zu einer eignen Tätigkeit anspornen. Sie bringen Leben und Strebekraft in dieselbe; unbefriedigt machen sie tätig, zur Anlegung von Planen erfindsam, mutig zur Ausübung; befriedigt befördern sie ein leichtes, ungehindertes Ideenspiel. Überhaupt bringen sie alle Vorstellungen in größere und mannigfaltigere Bewegung, zeigen neue Ansichten, führen auf neue, vorher unbemerkt gebliebene Seiten; ungerechnet, wie die verschiedne Art ihrer Befriedigung auf den Körper und die Organisation und diese wieder auf eine Weise, die uns freilich nur in den Resultaten sichtbar wird, auf die Seele zurückwirkt. Indes ist ihr Einfluß in der Intension wie in der Art des Wirkens verschieden. Dies beruht teils auf ihrer Stärke oder Schwäche, teils aber auch – wenn ich mich so ausdrücken darf – auf ihrer Verwandtschaft mit dem Unsinnlichen, auf der größeren oder minderen Leichtigkeit, sie von tierischen Genüssen zu menschlichen Freuden zu erheben. So leiht das Auge der Materie seiner Empfindung die für uns so genußreiche und ideenfruchtbare Form der Gestalt, so das Ohr die der verhältnismäßigen Zeitfolge der Töne. Über die verschiedene Natur dieser Empfindungen und die Art ihrer Wirkung ließe sich vielleicht viel Schönes und manches Neue sagen, wozu aber schon hier nicht einmal der Ort ist. Nur *eine* Bemerkung über ihren verschiedenen Nutzen zur Bildung der Seele. Das Auge, wenn ich so sagen darf, liefert dem Verstande einen mehr vorbereiteten Stoff. Das Innere des Menschen wird uns gleichsam mit seiner und der übrigen, immer in unsrer Phantasie auf ihn bezogenen Dinge Gestalt bestimmt und in einem einzelnen Zustande gegeben. Das Ohr, bloß als Sinn betrachtet und insofern es nicht Worte aufnimmt, gewährt eine bei weitem geringere Bestimmtheit. Darum räumt auch Kant den bildenden Künsten den Vorzug vor der Musik ein. Allein er bemerkt sehr richtig, daß dies auch zum Maßstabe die Kultur voraussetzt, welche die Künste dem Gemüt verschaffen, und ich möchte hinzusetzen, welche sie ihm *unmittelbar* verschaffen. Es fragt sich indes, ob dies der richtige Maßstab sei. Meiner Idee nach ist Energie die erste und einzige Tugend des Menschen. Was seine Energie erhöht, ist mehr wert, als was ihm nur Stoff zur Energie an die Hand gibt. Wie nun aber der Mensch auf *einmal* nur *eine* Sache empfindet, so wirkt auch das am meisten, was nur *eine* Sache zugleich ihm darstellt; und wie in einer Reihe aufeinanderfolgender Empfindungen jede einen durch alle vorige gewirkten und auf alle folgende wirkenden Grad hat, das, in welchem die einzelnen Bestandteile in einem ähnlichen Verhältnisse stehen. Dies alles aber ist der Fall der Musik. Ferner ist der Musik bloß diese Zeitfolge eigen; nur diese ist in ihr bestimmt. Die Reihe, welche sie darstellt, nötigt sehr wenig zu einer bestimmten Empfindung. Es ist gleichsam ein Thema, dem man unendlich viele Texte unterlegen kann. Was ihr also die Seele des Hörenden – insofern derselbe nur überhaupt und gleichsam der Gattung nach in einer verwandten Stimmung ist – wirklich unterlegt, entspringt völlig frei und ungebunden aus ihrer eignen Fülle, und so umfaßt sie es unstreitig wärmer, als was ihr gegeben wird und was oft mehr beschäftigt, wahrgenommen als empfunden zu werden. Andre Eigentümlichkeiten und Vorzüge der Musik, z. B. daß sie, da sie aus natürlichen Gegenständen Töne hervorlockt, der Natur weit näher bleibt als Malerei, Plastik und

Dichtkunst, übergehe ich hier, da es mir nicht darauf ankommt, eigentlich sie und ihre Natur zu prüfen, sondern ich sie nur als ein Beispiel brauche, um an ihr die verschiedene Natur der sinnlichen Empfindungen deutlicher darzustellen. Die eben geschilderte Art zu wirken ist nun nicht der Musik allein eigen. Kant bemerkt eben sie als möglich bei einer wechselnden Farbenmischung, und in noch höherem Grade ist sie es bei dem, was wir durch das Gefühl empfinden. Selbst bei dem Geschmack ist sie unverkennbar. Auch im Geschmack ist ein Steigen des Wohlgefallens, das sich gleichsam nach einer Auflösung sehnt und nach der gefundnen Auflösung in schwächeren Vibrationen nach und nach verschwindet. Am dunkelsten dürfte dies bei dem Geruch sein. Wie nun im empfindenden Menschen der Gang der Empfindung, ihr Grad, ihr wechselndes Steigen und Fallen, ihre – wenn ich mich so ausdrücken darf – reine und volle Harmonie eigentlich das anziehendste und anziehender ist als der Stoff selbst, insofern man nämlich vergißt, daß die Natur des Stoffes vorzüglich den Grad und noch mehr die Harmonie jenes Ganges bestimmt, und wie der empfindende Mensch – gleichsam das Bild des blütetreibenden Frühlings – gerade das interessanteste Schauspiel ist, so sucht auch der Mensch gleichsam dies Bild seiner Empfindung, mehr als irgend etwas andres, in allen schönen Künsten. So macht die Malerei, selbst die Plastik es sich eigen. Das Auge der Guido-Renischen Madonna hält sich gleichsam nicht in den Schranken eines flüchtigen Augenblicks. Die angespannte Muskel des Borghesischen Fechters verkündet den Stoß, den er zu vollführen bereit ist. Und in noch höherem Grade benutzt dies die Dichtkunst. Ohne hier eigentlich von dem Range der schönen Künste reden zu wollen, sei es mir erlaubt, nur noch Folgendes hinzuzusetzen, um meine Idee deutlich zu machen. Die schönen Künste bringen eine doppelte Wirkung hervor, welche man immer bei jeder vereint, aber auch bei jeder in sehr verschiedener Mischung antrifft; sie geben unmittelbar Ideen oder regen die Empfindung auf, stimmen den Ton der Seele oder, wenn der Ausdruck nicht zu gekünstelt scheint, bereichern oder erhöhen mehr ihre Kraft. Je mehr nun die eine Wirkung die andre zu Hilfe nimmt, desto mehr schwächt sie ihren eignen Eindruck. Die Dichtkunst vereinigt am meisten und vollständigsten beide, und darum ist dieselbe auf der einen Seite die vollkommenste aller schönen Künste, aber auf der andren Seite auch die schwächste. Indem sie den Gegenstand weniger lebhaft darstellt als die Malerei und die Plastik, spricht sie die Empfindung weniger eindringend an als der Gesang und die Musik. Allein freilich vergißt man diesen Mangel leicht, da sie – jene vorhin bemerkte Vielseitigkeit noch abgerechnet – dem innren, wahren Menschen gleichsam am nächsten tritt, den Gedanken, wie die Empfindung mit der leichtesten Hülle bekleidet.

Die energisch wirkenden sinnlichen Empfindungen – denn nur um diese zu erläutern, rede ich hier von Künsten – wirken wiederum verschieden, teils je nachdem ihr Gang wirklich das abgemessenste Verhältnis hat, teils je nachdem die Bestandteile selbst, gleichsam die Materie, die Seele stärker ergreifen. So wirkt die gleich richtige und schöne Menschenstimme mehr als ein totes Instrument. Nun aber ist uns nie etwas näher als das eigne körperliche Gefühl. Wo also dieses selbst mit im Spiele ist, da ist die Wirkung am höchsten. Aber wie immer die unverhältnismäßige Stärke der Materie gleichsam die zarte Form unterdrückt, so geschieht es auch hier oft, und es muß also zwischen beiden ein richtiges Verhältnis sein. Das Gleichgewicht bei einem unrichtigen Verhältnis kann hergestellt werden durch Erhöhung der Kraft des einen oder Schwächung der Stärke des andren. Allein es ist immer falsch, durch Schwächung zu bilden, oder die Stärke müßte denn nicht natürlich, sondern erkünstelt sein. Wo sie aber das nicht ist, da schränke man sie nie ein. Es ist besser, daß sie sich zerstöre, als daß sie langsam hinsterbe. Doch genug hievon. Ich hoffe meine Idee hinlänglich erläutert zu haben, obgleich ich gern die Verlegenheit gestehe, in der ich mich bei dieser Untersuchung befinde, da auf der einen Seite das Interesse des Gegenstandes und die Unmöglichkeit, nur die nötigen Resultate aus andren Schriften – da ich keine kenne, welche gerade aus meinem gegenwärtigen Gesichtspunkt ausginge – zu entlehnen, mich einlud, mich weiter auszudehnen; und auf der andren Seite die Betrachtung, daß diese Ideen nicht eigentlich für sich, sondern nur als Lehnsätze hiehergehören, mich immer in die gehörigen Schranken zurückwies. Die gleiche

Entschuldigung muß ich auch bei dem nun Folgenden nicht zu vergessen bitten.

Ich habe bis jetzt – obgleich eine völlige Trennung nie möglich ist – von der sinnlichen Empfindung nur als sinnlicher Empfindung zu reden versucht. Aber Sinnlichkeit und Unsinnlichkeit verknüpft ein geheimnisvolles Band, und wenn es unsrem Auge versagt ist, dieses Band zu sehen, so ahndet es unser Gefühl. Dieser zwiefachen Natur der sichtbaren und unsichtbaren Welt, dem angebornen Sehnen nach dieser und dem Gefühl der gleichsam süßen Unentbehrlichkeit jener, danken wir alle wahrhaft aus dem Wesen des Menschen entsprungene, konsequente philosophische Systeme; so wie eben daraus auch die sinnlosesten Schwärmereien entstehen. Ewiges Streben, beide dergestalt zu vereinen, daß jede so wenig als möglich der andren raube, schien mir immer das wahre Ziel des menschlichen Weisen. Unverkennbar ist überall dies ästhetische Gefühl, mit dem uns die Sinnlichkeit Hülle des Geistigen und das Geistige belebendes Prinzip der Sinnenwelt ist. Das ewige Studium dieser Physiognomik der Natur bildet den eigentlichen Menschen. Denn nichts ist von so ausgebreiteter Wirkung auf den ganzen Charakter als der Ausdruck des Unsinnlichen im Sinnlichen, des Erhabnen, des Einfachen, des Schönen in allen Werken der Natur und Produkten der Kunst, die uns umgeben. Und hier zeigt sich zugleich wieder der Unterschied der energisch wirkenden und der übrigen sinnlichen Empfindungen. Wenn das letzte Streben alles unsres menschlichsten Bemühens nur auf das Entdecken, Nähren und Erschaffen des einzig wahrhaft Existierenden, obgleich in seiner Urgestalt ewig Unsichtbaren, in uns und andren gerichtet ist, wenn es allein das ist, dessen Ahndung uns jedes seiner Symbole so teuer und heilig macht, so treten wir ihm einen Schritt näher, wenn wir das Bild seiner ewig regen Energie anschauen. Wir reden gleichsam mit ihm in schwerer und oft unverstandner, aber auch oft mit der gewissesten Wahrheitsahndung überraschender Sprache, indes die Gestalt – wieder, wenn ich so sagen darf, das Bild jener Energie – weiter von der Wahrheit entfernt ist. Auf diesem Boden, wenn nicht allein, doch vorzüglich, blüht auch das Schöne und noch weit mehr das Erhabene auf, das den Menschen der Gottheit gleichsam noch näher bringt. Die Notwendigkeit eines reinen, von allen Zwecken entfernten Wohlgefallens an einem Gegenstande, ohne Begriff, bewährt ihm gleichsam seine Abstammung von dem Unsichtbaren und seine Verwandtschaft damit; und das Gefühl seiner Unangemessenheit zu dem überschwenglichen Gegenstande verbindet auf die menschlich-göttlichste Weise unendliche Größe mit hingebender Demut. Ohne das Schöne fehlte dem Menschen die Liebe der Dinge um ihrer selbst willen; ohne das Erhabne der Gehorsam, welcher jede Belohnung verschmäht und niedrige Furcht nicht kennt. Das Studium des Schönen gewährt Geschmack, des Erhabnen – wenn es auch hiefür ein Studium gibt und nicht Gefühl und Darstellung des Erhabnen allein Frucht des Genies ist – richtig abgewägte Größe. Der Geschmack allein aber, dem allemal Größe zum Grunde liegen muß, weil nur das Große des Maßes und nur das Gewaltige der Haltung bedarf, vereint alle Töne des vollgestimmten Wesens in eine reizende Harmonie. Er bringt in alle unsre auch bloß geistigen Empfindungen und Neigungen so etwas Gemäßigtes, Gehaltnes, auf *einen* Punkt hin Gerichtetes. Wo er fehlt, da ist die sinnliche Begierde roh und ungebändigt, da haben selbst wissenschaftliche Untersuchungen vielleicht Scharfsinn und Tiefsinn, aber nicht Feinheit, nicht Politur, nicht Fruchtbarkeit in der Anwendung. Überhaupt sind ohne ihn die Tiefen des Geistes wie die Schätze des Wissens tot und unfruchtbar, ohne ihn der Adel und die Stärke des moralischen Willens selbst rauh und ohne erwärmende Segenskraft.

Forschen und Schaffen – darum drehen und darauf beziehen sich wenigstens, wenngleich mittelbarer oder unmittelbarer, alle Beschäftigungen des Menschen. Das Forschen, wenn es die Gründe der Dinge oder die Schranken der Vernunft erreichen soll, setzt außer der Tiefe einen mannigfaltigen Reichtum und eine innige Erwärmung des Geistes, eine Anstrengung der vereinten menschlichen Kräfte voraus. Nur der bloß analytische Philosoph kann vielleicht durch die einfachen Operationen der nicht bloß ruhigen, sondern auch kalten Vernunft seinen Endzweck erreichen. Allein um das Band zu entdecken, welches synthetische Sätze verknüpft, ist eigentliche Tiefe und ein Geist erforderlich, welcher allen seinen Kräften gleiche Stärke zu verschaffen gewußt hat. So wird Kants – man kann wohl mit Wahrheit sagen – nie übertroffener Tiefsinn noch oft in der Moral und Ästhetik der Schwärmerei beschuldigt werden, wie er es schon wurde, und – wenn mir das Geständnis erlaubt ist – wenn mir selbst einige, obgleich seltne Stellen (ich führe hier als ein Beispiel die Deutung der Regenbogenfarben in der Kritik der Urteilskraft an) darauf hinzuführen scheinen, so klage ich allein den Mangel der Tiefe meiner intellektuellen Kräfte an. Könnte ich diese Ideen hier weiter verfolgen, so würde ich auf die gewiß äußerst schwierige, aber auch ebenso interessante Untersuchung stoßen: welcher Unterschied eigentlich zwischen der Geistesbildung des Metaphysikers und des Dichters ist; und wenn nicht vielleicht eine vollständige, wiederholte Prüfung die Resultate meines bisherigen Nachdenkens hierüber wiederum umstieße, so würde ich diesen Unterschied bloß darauf einschränken, daß der Philosoph sich allein mit Perzeptionen, der Dichter hingegen mit Sensationen beschäftigt, beide aber übrigens desselben Maßes und derselben Bildung der Geisteskräfte bedürfen. Allein dies würde mich zu weit von meinem gegenwärtigen Endzweck entfernen, und ich hoffe selbst durch die wenigen, im vorigen angeführten Gründe hinlänglich bescheinigt zu haben, daß, auch um den ruhigsten Denker zu bilden, Genuß der Sinne und der Phantasie oft um die Seele gespielt haben muß. Gehen wir aber gar von transzendentalen Untersuchungen zu psychologischen über, wird der Mensch, wie er erscheint, unser Studium, wie wird da nicht der das gestaltenreiche Geschlecht am tiefsten erforschen und am wahrsten und lebendigsten darstellen, dessen eigner Empfindung selbst die wenigsten dieser Gestalten fremd sind?

Daher erscheint der also gebildete Mensch in seiner höchsten Schönheit, wenn er ins praktische Leben tritt, wenn er, was er in sich aufgenommen hat, zu neuen Schöpfungen in und außer sich fruchtbar macht. Die Analogie zwischen den Gesetzen der plastischen Natur und denen des geistigen Schaffens ist schon mit einem wahrlich unendlich genievollen Blicke beobachtet und mit treffenden Bemerkungen bewährt worden. Doch vielleicht wäre eine noch anziehendere Ausführung möglich gewesen; statt der Untersuchung unerforschbarer Gesetze der Bildung des Keims hätte die Psychologie vielleicht eine reichere Belehrung erhalten, wenn das geistige Schaffen gleichsam als eine feinere Blüte des körperlichen Erzeugens näher gezeigt worden wäre. Um auch in dem moralischen Leben von demjenigen zuerst zu reden, was am meisten bloßes Werk der kalten Vernunft scheint, so macht es die Idee des Erhabenen allein möglich, dem unbedingt gebietenden Gesetze zwar allerdings, durch das Medium des Gefühls, auf eine menschliche und doch, durch den völligen Mangel der Rücksicht auf Glückseligkeit oder Unglück, auf eine göttlich uneigennützige Weise zu gehorchen. Das Gefühl der Unangemessenheit der menschlichen Kräfte zum moralischen Gesetz, das tiefe Bewußtsein, daß der Tugendhafteste nur der ist, welcher am innigsten empfindet, wie unerreichbar hoch das Gesetz über ihn erhaben ist, erzeugt die Achtung – eine Empfindung, welche nicht mehr körperliche Hülle zu umgeben scheint, als nötig ist, sterbliche Augen nicht durch den reinen Glanz zu verblenden. Wenn nun das moralische Gesetz jeden Menschen als einen Zweck in sich zu betrachten nötigt, so vereint sich mit ihm das Schönheitsgefühl, das gern jedem Staube Leben einhaucht, um auch in ihm an einer eignen Existenz sich zu freuen, und das um so viel voller und schöner den Menschen aufnimmt und umfaßt, als es, unabhängig vom Begriff, nicht auf die kleine Anzahl der Merkmale beschränkt ist, welche der Begriff, und noch dazu nur abgeschnitten und einzeln, allein zu umfassen vermag. Die Beimischung des Schönheitsgefühls scheint der Reinheit des moralischen Willens Abbruch zu tun, und sie könnte es allerdings und würde es auch in der Tat, wenn dies Gefühl eigentlich dem Menschen Antrieb zur Moralität sein sollte. Allein es soll bloß die Pflicht auf sich haben, gleichsam mannigfaltigere Anwendungen für das moralische Gesetz aufzufinden, welche dem kalten und darum hier allemal unfeinen Verstande entgehen würden, und das Recht genießen, dem Menschen – dem es nicht verwehrt ist, die mit der Tugend so eng verschwisterte Glückseligkeit zu empfangen, sondern nur mit der Tugend gleichsam um diese Glückseligkeit zu handlen – die süßesten Gefühle zu gewähren. Je mehr ich überhaupt über diesen Gegenstand nachdenken mag, desto weniger scheint mir der Unterschied, den ich eben bemerkte, bloß subtil und vielleicht schwärmerisch zu sein. Wie strebend der Mensch nach Genuß ist, wie sehr er sich Tugend und Glückseligkeit ewig, auch unter den ungünstigsten Umständen, vereint denken möchte, so ist doch auch seine Seele für die Größe des moralischen Gesetzes empfänglich. Sie kann sich der Gewalt nicht erwehren, mit welcher diese Größe sie zu handeln nötigt, und *nur* von diesem Gefühle durchdrungen, handelt sie schon darum ohne Rücksicht auf Genuß, weil sie nie das volle Bewußtsein verliert, daß die Vorstellung jedes Unglücks ihr kein andres Betragen abnötigen würde. Aber diese Stärke gewinnt die Seele freilich nur auf einem dem ähnlichen Wege, von welchem ich im vorigen rede; nur durch mächtigen inneren Drang und mannigfaltigen äußren Streit. Alle Stärke – gleichsam die Materie – stammt aus der Sinnlichkeit, und wie weit entfernt von dem Stamme, ist sie doch noch immer, wenn ich so sagen darf, auf ihm ruhend. Wer nun seine Kräfte unaufhörlich zu erhöhen und durch häufigen Genuß zu verjüngen sucht, wer die Stärke seines Charakters oft braucht, seine Unabhängigkeit von der Sinnlichkeit zu behaupten, wer so diese Unabhängigkeit mit der höchsten Reizbarkeit zu vereinen bemüht ist, wessen gerader und tiefer Sinn der Wahrheit unermüdet nachforscht, wessen richtiges und feines Schönheitsgefühl keine reizende Gestalt unbemerkt läßt, wessen Drang, das außer sich Empfundene in sich aufzunehmen und das in sich Aufgenommene zu neuen Geburten zu befruchten, jede Schönheit in seine Individualität zu verwandeln und, mit jeder sein ganzes Wesen gattend, neue Schönheit zu erzeugen strebt, der kann das befriedigende Bewußtsein nähren, auf dem richtigen Wege zu sein, dem Ideale sich zu nahen, das selbst die kühnste Phantasie der Menschheit vorzuzeichnen wagt.

Ich habe durch dies an und für sich politischen Untersuchungen ziemlich fremdartige, allein in der von mir gewählten Folge der Ideen notwendige Gemälde zu zeigen versucht, wie die Sinnlichkeit mit ihren heilsamen Folgen durch das ganze Leben und alle Beschäftigungen des

Menschen verflochten ist. Ihr dadurch Freiheit und Achtung zu erwerben war meine Absicht. Vergessen darf ich indes nicht, daß gerade die Sinnlichkeit auch die Quelle einer großen Menge physischer und moralischer Übel ist. Selbst moralisch nur dann heilsam, wenn sie in richtigem Verhältnis mit der Übung der geistigen Kräfte steht, erhält sie so leicht ein schädliches Übergewicht. Dann wird menschliche Freude tierischer Genuß, der Geschmack verschwindet oder erhält unnatürliche Richtungen. Bei diesem letzteren Ausdruck kann ich mich jedoch nicht enthalten, vorzüglich in Hinsicht auf gewisse einseitige Beurteilungen noch zu bemerken, daß nicht unnatürlich heißen muß, was nicht gerade diesen oder jenen Zweck der Natur erfüllt, sondern was den allgemeinen Endzweck derselben mit dem Menschen vereitelt. Dieser aber ist, daß sein Wesen sich zu immer höherer Vollkommenheit bilde, und daher vorzüglich, daß seine denkende und empfindende Kraft, beide in verhältnismäßigen Graden der Stärke, sich unzertrennlich vereine. Es kann aber ferner ein Mißverhältnis entstehen zwischen der Art, wie der Mensch seine Kräfte ausbildet und überhaupt in Tätigkeit setzt, und zwischen den Mitteln des Wirkens und Genießens, die seine Lage ihm darbietet, und dies Mißverhältnis ist eine neue Quelle von Übeln. Nach den im vorigen ausgeführten Grundsätzen aber ist es dem Staat nicht erlaubt, mit positiven Endzwecken auf die Lage der Bürger zu wirken. Diese Lage erhält daher nicht eine so bestimmte und erzwungene Form, und ihre größere Freiheit, wie daß sie in eben dieser Freiheit selbst größtenteils von der Denkungs- und Handlungsart der Bürger ihre Richtung erhält, vermindert schon jenes Mißverhältnis. Dennoch könnte indes die immer übrigbleibende, wahrlich nicht unbedeutende Gefahr die Vorstellung der Notwendigkeit erregen, der Sittenverderbnis durch Gesetze und Staatseinrichtungen entgegenzukommen.

Allein, wären dergleichen Gesetze und Einrichtungen auch wirksam, so würde nur mit dem Grade ihrer Wirksamkeit auch ihre Schädlichkeit steigen. Ein Staat, in welchem die Bürger durch solche Mittel genötigt oder bewogen würden, auch den besten Gesetzen zu folgen, könnte ein ruhiger, friedliebender, wohlhabender Staat sein; allein er würde mir immer ein Haufe ernährter Sklaven, nicht eine Vereinigung freier, nur wo sie die Grenze des Rechts übertreten, gebundener Menschen scheinen. Bloß gewisse Handlungen, Gesinnungen hervorzubringen, gibt es freilich sehr viele Wege. Keiner von allen aber führt zur wahren, moralischen Vollkommenheit. Sinnliche Antriebe zur Begehung gewisser Handlungen, oder Notwendigkeit, sie zu unterlassen, bringen Gewohnheit hervor; durch die Gewohnheit wird das Vergnügen, das anfangs nur mit jenen Antrieben verbunden war, auf die Handlung selbst übergetragen oder die Neigung, welche anfangs nur vor der Notwendigkeit schwieg, gänzlich erstickt; so wird der Mensch zu tugendhaften Handlungen, gewissermaßen auch zu tugendhaften Gesinnungen geleitet. Allein die Kraft seiner Seele wird dadurch nicht erhöht; weder seine Ideen über seine Bestimmung und seinen Wert erhalten dadurch mehr Aufklärung noch sein Wille mehr Kraft, die herrschende Neigung zu besiegen; an wahrer, eigentlicher Vollkommenheit gewinnt er folglich nichts. Wer also Menschen bilden, nicht zu äußren Zwecken ziehn will, wird sich dieser Mittel nie bedienen. Denn abgerechnet, daß Zwang und Leitung nie Tugend hervorbringen, so schwächen sie auch noch immer die Kraft. Was sind aber Sitten ohne moralische Stärke und Tugend? Und wie groß auch das Übel des Sittenverderbnisses sein mag, es ermangelt selbst der heilsamen Folgen nicht. Durch die Extreme müssen die Menschen zu der Weisheit und Tugend mittlerem Pfad gelangen. Extreme müssen gleich großen, in die Ferne leuchtenden Massen weit wirken. Um den feinsten Adern des Körpers Blut zu verschaffen, muß eine beträchtliche Menge in den großen vorhanden sein. Hier die Ordnung der Natur stören wollen heißt moralisches Übel anrichten, um physisches zu verhüten.

Es ist aber auch, meines Erachtens, unrichtig, daß die Gefahr des Sittenverderbnisses so groß und dringend sei, und so manches auch schon zu Bestätigung dieser Behauptung im vorigen gesagt worden ist, so mögen doch noch folgende Bemerkungen dazu dienen, sie ausführlicher zu beweisen:

1. Der Mensch ist an sich mehr zu wohltätigen als eigennützigen Handlungen geneigt. Dies zeigt sogar die Geschichte der Wilden. Die

häuslichen Tugenden haben so etwas Freundliches, die öffentlichen des Bürgers so etwas Großes und Hinreißendes, daß auch der bloß unverdorbene Mensch ihrem Reiz selten widersteht.

2. Die Freiheit erhöht die Kraft und führt, wie immer die größere Stärke, allemal eine Art der Liberalität mit sich. Zwang erstickt die Kraft und führt zu allen eigennützigen Wünschen und allen niedrigen Kunstgriffen der Schwäche. Zwang hindert vielleicht manche Vergehung, raubt aber selbst den gesetzmäßigen Handlungen von ihrer Schönheit. Freiheit veranlaßt vielleicht manche Vergehung, gibt aber selbst dem Laster eine minder unedle Gestalt.

3. Der sich selbst überlassene Mensch kommt schwerer auf richtige Grundsätze, allein sie zeigen sich unaustilgbar in seiner Handlungsweise. Der absichtlich geleitete empfängt sie leichter, aber sie weichen auch sogar seiner doch geschwächten Energie.

4. Alle Staatseinrichtungen, indem sie ein mannigfaltiges und sehr verschiednes Interesse in eine Einheit bringen sollen, verursachen vielerlei Kollisionen. Aus den Kollisionen entstehen Mißverhältnisse zwischen dem Verlangen und dem Vermögen der Menschen, und aus diesen Vergehungen. Je müßiger also – wenn ich so sagen darf – der Staat, desto geringer die Anzahl dieser. Wäre es, vorzüglich in gegebenen Fällen, möglich, genau die Übel aufzuzählen, welche Polizeieinrichtungen veranlassen und welche sie verhüten, die Zahl der ersteren würde allemal größer sein.

5. Wieviel strenge Aufsuchung der wirklich begangenen Verbrechen, gerechte und wohl abgemessene, aber unerläßliche Strafe, folglich seltne Straflosigkeit vermag, ist praktisch noch nie hinreichend versucht worden.

Ich glaube nunmehr für meine Absicht hinlänglich gezeigt zu haben, wie bedenklich jedes Bemühen des Staats ist, irgendeiner – nur nicht unmittelbar fremdes Recht kränkenden – Ausschweifung der Sitten entgegen- oder gar zuvorzukommen, wie wenig davon insbesondre heilsame Folgen auf die Sittlichkeit selbst zu erwarten sind und wie ein solches Wirken auf den Charakter der Nation selbst zur Erhaltung der Sicherheit nicht notwendig ist. Nimmt man nun noch hiezu die im Anfange dieses Aufsatzes entwickelten Gründe, welche jede auf positive Zwecke gerichtete Wirksamkeit des Staats mißbilligen und die hier um so mehr gelten, als gerade der moralische Mensch jede Einschränkung am tiefsten fühlt; und vergißt man nicht, daß, wenn irgendeine Art der Bildung der Freiheit ihre höchste Schönheit dankt, dies gerade die Bildung der Sitten und des Charakters ist, so dürfte die Richtigkeit des folgenden Grundsatzes keinem weiteren Zweifel unterworfen sein, des Grundsatzes nämlich: *daß der Staat sich schlechterdings alles Bestrebens, direkt oder indirekt auf die Sitten und den Charakter der Nation anders zu wirken, als insofern dies als eine natürliche, von selbst entstehende Folge seiner übrigen schlechterdings notwendigen Maßregeln unvermeidlich ist, gänzlich enthalten müsse und daß alles, was diese Absicht befördern kann, vorzüglich alle besondre Aufsicht auf Erziehung, Religionsanstalten, Luxusgesetze usf. schlechterdings außerhalb der Schranken seiner Wirksamkeit liege.*

## IX

Nachdem ich jetzt die wichtigsten und schwierigsten Teile der gegenwärtigen Untersuchung geendigt habe und ich mich nun der völligen Auflösung der vorgelegten Frage nähere, ist es notwendig, wiederum einmal einen Blick zurück auf das bis hieher entwickelte Ganze zu werfen. Zuerst ist die Sorgfalt des Staats von allen denjenigen Gegenständen entfernt worden, welche nicht zur Sicherheit der Bürger, der auswärtigen sowohl als der innerlichen, gehören. Dann ist eben diese Sicherheit als der eigentliche Gegenstand der Wirksamkeit des Staats dargestellt und endlich das Prinzip festgesetzt worden, daß, um dieselbe zu befördern und zu erhalten, nicht auf die Sitten und den Charakter der Nation selbst zu wirken, diesem eine bestimmte Richtung zu geben oder zu nehmen, versucht werden dürfe. Gewissermaßen könnte daher die

Frage, in welchen Schranken der Staat seine Wirksamkeit halten müsse, schon vollständig beantwortet scheinen, indem diese Wirksamkeit auf die Erhaltung der Sicherheit und in Absicht der Mittel hiezu noch genauer auf diejenigen eingeschränkt ist, welche sich nicht damit befassen, die Nation zu den Endzwecken des Staats gleichsam bilden oder vielmehr ziehen zu wollen. Denn wenn diese Bestimmung gleich nur negativ ist, so zeigt sich doch das, was nach geschehener Absonderung übrigbleibt, von selbst deutlich genug. Der Staat wird nämlich allein sich auf Handlungen, welche unmittelbar und geradezu in fremdes Recht eingreifen, ausbreiten, nur das streitige Recht entscheiden, das verletzte wieder herstellen und die Verletzer bestrafen dürfen. Allein der Begriff der Sicherheit, zu dessen näherer Bestimmung bis jetzt nichts andres gesagt ist, als daß von der Sicherheit vor auswärtigen Feinden und vor Beeinträchtigungen der Mitbürger selbst die Rede sei, ist zu weit und vielumfassend, um nicht einer genaueren Auseinandersetzung zu bedürfen. Denn so verschieden auf der einen Seite die Nuancen von dem bloß Überzeugung beabsichtenden Rat zur zudringlichen Empfehlung und von da zum nötigenden Zwange, und ebenso verschieden und vielfach die Grade der Unbilligkeit oder Ungerechtigkeit von der innerhalb der Schranken des eignen Rechts ausgeübten, aber dem andren möglicherweise schädlichen Handlung bis zu der gleichfalls sich nicht aus jenen Schranken entfernenden, aber den andren im Genusse seines Eigentums sehr leicht oder immer störenden und von da bis zu einem wirklichen Eingriff in fremdes Eigentum sind, ebenso verschieden ist auch der Umfang des Begriffs der Sicherheit, indem man darunter Sicherheit vor einem solchen oder solchen Grade des Zwanges oder einer so nah oder so fern das Recht kränkenden Handlung verstehn kann. Gerade aber dieser Umfang ist von überaus großer Wichtigkeit, und wird er zu weit ausgedehnt oder zu eng eingeschränkt, so sind wiederum, wenngleich unter andren Namen, alle Grenzen vermischt. Ohne eine genaue Bestimmung jenes Umfangs also ist an eine Berichtigung dieser Grenzen nicht zu denken. Dann müssen auch die Mittel, deren sich der Staat bedienen darf oder nicht, noch bei weitem genauer auseinandergesetzt und geprüft werden. Denn wenngleich ein auf die wirkliche Umformung der Sitten gerichtetes Bemühen des Staats, nach dem Vorigen, nicht ratsam scheint, so ist hier doch noch für die Wirksamkeit des Staats ein viel zu unbestimmter Spielraum gelassen und z. B. die Frage noch sehr wenig erörtert, wie weit die einschränkenden Gesetze des Staats sich von der unmittelbar das Recht andrer beleidigenden Handlung entfernen; inwiefern derselbe wirkliche Verbrechen durch Verstopfung ihrer Quellen, nicht in dem Charakter der Bürger, aber in den Gelegenheiten der Ausübung verhüten darf. Wie sehr aber und mit wie großem Nachteile hierin zu weit gegangen werden kann, ist schon daraus klar, daß gerade Sorgfalt für die Freiheit mehrere gute Köpfe vermocht hat, den Staat für das Wohl der Bürger überhaupt verantwortlich zu machen, indem sie glaubten, daß dieser allgemeinere Gesichtspunkt die ungehemmte Tätigkeit der Kräfte befördern würde. Diese Betrachtungen nötigen mich daher zu dem Geständnis, bis hieher mehr große und in der Tat ziemlich sichtbar außerhalb der Schranken der Wirksamkeit des Staats liegende Stücke abgesondert, als die genaueren Grenzen, und gerade da, wo sie zweifelhaft und streitig scheinen konnten, bestimmt zu haben. Dies bleibt mir jetzt zu tun übrig, und sollte es mir auch selbst nicht völlig gelingen, so glaube ich doch wenigstens dahin streben zu müssen, die Gründe dieses Mißlingens so deutlich und vollständig als möglich darzustellen. Auf jeden Fall aber hoffe ich, mich nun sehr kurz fassen zu können, da alle Grundsätze, deren ich zu dieser Arbeit bedarf, schon im vorigen – wenigstens so viel es *meine* Kräfte erlaubten – erörtert und bewiesen worden sind.

*Sicher* nenne ich die Bürger in einem Staat, wenn sie in der Ausübung der ihnen zustehenden Rechte, dieselben mögen nun ihre Person oder ihr Eigentum betreffen, nicht durch fremde Eingriffe gestört werden; *Sicherheit* folglich – wenn der Ausdruck nicht zu kurz und vielleicht dadurch undeutlich scheint – *Gewißheit der gesetzmäßigen Freiheit*. Diese Sicherheit wird nun nicht durch alle diejenigen Handlungen gestört, welche den Menschen an irgendeiner Tätigkeit seiner Kräfte oder irgendeinem Genuß seines Vermögens hindern, sondern nur durch solche, welche dies *widerrechtlich* tun. Diese

Bestimmung, so wie die obige Definition ist nicht willkürlich von mir hinzugefügt oder gewählt worden. Beide fließen unmittelbar aus dem oben entwickelten Räsonnement. Nur wenn man dem Ausdrucke der Sicherheit diese Bedeutung unterlegt, kann jenes Anwendung finden. Denn nur wirkliche Verletzungen des Rechts bedürfen einer andren Macht als die ist, welche jedes Individuum besitzt; nur was diese Verletzungen verhindert, bringt der wahren Menschenbildung reinen Gewinn, indes jedes andre Bemühen des Staats ihr gleichsam Hindernisse in den Weg legt; nur das endlich fließt aus dem untrüglichen Prinzip der Notwendigkeit, da alles andre bloß auf den unsichren Grund einer nach täuschenden Wahrscheinlichkeiten berechneten Nützlichkeit gebaut ist.

Diejenigen, deren Sicherheit erhalten werden muß, sind auf der einen Seite alle Bürger in völliger Gleichheit, auf der andren der Staat selbst. Die Sicherheit des Staats selbst hat ein Objekt von größerem oder geringerem Umfange, je weiter man seine Rechte ausdehnt oder je enger man sie beschränkt, und daher hängt hier die Bestimmung von der Bestimmung des Zwecks derselben ab. Wie ich nun diese hier bis jetzt versucht habe, dürfte er für nichts andres Sicherheit fordern können als für die Gewalt, welche ihm eingeräumt, und das Vermögen, welches ihm zugestanden worden. Hingegen Handlungen in Hinsicht auf diese Sicherheit einschränken, wodurch ein Bürger, ohne eigentliches Recht zu kränken – und folglich vorausgesetzt, daß er nicht in einem besondren persönlichen oder temporellen Verhältnisse mit dem Staat stehe, wie z. B. zur Zeit eines Krieges –, sich oder sein Eigentum ihm entzieht, könnte er nicht. Denn die Staatsvereinigung ist bloß ein untergeordnetes Mittel, welchem der wahre Zweck, der Mensch, nicht aufgeopfert werden darf, es müßte denn der Fall einer solchen Kollision eintreten, daß, wenn auch der einzelne nicht verbunden wäre, sich zum Opfer zu geben, doch die Menge das Recht hätte, ihn als Opfer zu nehmen. Überdies aber darf den entwickelten Grundsätzen nach der Staat nicht für das Wohl der Bürger sorgen, und um ihre Sicherheit zu erhalten, kann das nicht notwendig sein, was gerade die Freiheit und mithin auch die Sicherheit aufhebt.

Gestört wird die Sicherheit entweder durch Handlungen, welche an und für sich in fremdes Recht eingreifen, oder durch solche, von deren Folgen nur dies zu besorgen ist. Beide Gattungen der Handlungen muß der Staat jedoch mit Modifikationen, welche gleich der Gegenstand der Untersuchung sein werden, verbieten, zu verhindern suchen; wenn sie geschehen sind, durch rechtlich bewirkten Ersatz des angerichteten Schadens, soviel es möglich ist, unschädlich und durch Bestrafung für die Zukunft seltner zu machen bemüht sein. Hieraus entspringen Polizei-, Zivil- und Kriminalgesetze, um den gewöhnlichen Ausdrücken treu zu bleiben. Hiezu kommt aber noch ein andrer Gegenstand, welcher seiner eigentümlichen Natur nach eine völlig eigne Behandlung verdient. Es gibt nämlich eine Klasse der Bürger, auf welche die im vorigen entwickelten Grundsätze, da sie doch immer den Menschen in seinen gewöhnlichen Kräften voraussetzen, nur mit manchen Verschiedenheiten passen, ich meine diejenigen, welche noch nicht das Alter der Reife erlangt haben oder welche Verrücktheit oder Blödsinn des Gebrauchs ihrer menschlichen Kräfte beraubt. Für die Sicherheit dieser muß der Staat gleichfalls Sorge tragen, und ihre Lage kann, wie sich schon voraussehen läßt, leicht eine eigne Behandlung erfordern. Es muß also noch zuletzt das Verhältnis betrachtet werden, in welchem der Staat – wie man sich auszudrücken pflegt – als Obervormund zu allen Unmündigen unter den Bürgern steht. So glaube ich – da ich von der Sicherheit gegen auswärtige Feinde wohl nach dem im vorigen Gesagten nichts mehr hinzuzusetzen brauche – die Außenlinien aller Gegenstände gezeichnet zu haben, auf welche der Staat seine Aufmerksamkeit richten muß. Weit entfernt nun in alle hier genannte so weitläuftige und schwierige Materien irgend tief eindringen zu wollen, werde ich mich begnügen, bei einer jeden so kurz als möglich die höchsten Grundsätze, insofern sie die gegenwärtige Untersuchung angehen, zu entwickeln. Erst wenn dies geschehen ist, wird auch nur der Versuch vollendet heißen können, die vorgelegte Frage gänzlich zu erschöpfen und die Wirksamkeit des Staats von allen Seiten her mit den gehörigen Grenzen zu umschließen.

# X

Um – wie es jetzt geschehen muß – dem Menschen durch alle die mannigfaltigen Verhältnisse des Lebens zu folgen, wird es gut sein, bei demjenigen zuerst anzufangen, welches unter allen das einfachste ist, bei dem Falle nämlich, wo der Mensch, wenngleich in Verbindung mit andren lebend, doch völlig innerhalb der Schranken seines Eigentums bleibt und nichts vornimmt, was sich unmittelbar und geradezu auf andre bezieht. Von diesem Fall handeln die meisten der sogenannten Polizeigesetze. Denn so schwankend auch dieser Ausdruck ist, so ist dennoch wohl die wichtigste und allgemeinste Bedeutung die, daß diese Gesetze, ohne selbst Handlungen zu betreffen, wodurch fremdes Recht unmittelbar gekränkt wird, nur von Mitteln reden, dergleichen Kränkungen vorzubeugen; sie mögen nun entweder solche Handlungen beschränken, deren Folgen selbst dem fremden Rechte leicht gefährlich werden können, oder solche, welche gewöhnlich zu Übertretungen der Gesetze führen, oder endlich dasjenige bestimmen, was zur Erhaltung oder Ausübung der Gewalt des Staats selbst notwendig ist. Daß auch diejenigen Verordnungen, welche nicht die Sicherheit, sondern das Wohl der Bürger zum Zweck haben, ganz vorzüglich diesen Namen erhalten, übergehe ich hier, weil es nicht zu meiner Absicht dient. Den im vorigen festgesetzten Prinzipien zufolge darf nun der Staat hier in diesem einfachen Verhältnisse des Menschen nichts weiter verbieten, als was mit Grunde Beeinträchtigung seiner eignen Rechte oder der Rechte der Bürger besorgen läßt. Und zwar muß in Absicht der Rechte des Staats hier dasjenige angewandt werden, was von dem Sinne dieses Ausdrucks soeben allgemein erinnert worden ist. Nirgends also, wo der Vorteil oder der Schade nur den Eigentümer allein trifft, darf der Staat sich Einschränkungen durch Prohibitivgesetze erlauben. Allein es ist auch zur Rechtfertigung solcher Einschränkungen nicht genug, daß irgendeine Handlung einem andren bloß Abbruch tue, sie muß auch sein Recht schmälern. Diese zweite Bestimmung erfordert also eine weitere Erklärung. Schmälerung des Rechts nämlich ist nur überall da, wo jemandem ohne seine Einwilligung oder gegen dieselbe ein Teil seines

Eigentums oder seiner persönlichen Freiheit entzogen wird. Wo hingegen keine solche Entziehung geschieht, wo nicht der eine gleichsam in den Kreis des Rechts des andren eingreift, da ist, welcher Nachteil auch für ihn entstehen möchte, keine Schmälerung der Befugnisse. Ebensowenig ist diese da, wo selbst der Nachteil nicht eher entsteht, als bis der, welcher ihn leidet, auch seinerseits tätig wird, die Handlung – um mich so auszudrücken – auffaßt oder wenigstens der Wirkung derselben nicht, wie er könnte, entgegenarbeitet.

Die Anwendung dieser Bestimmungen ist von selbst klar; ich erinnere nur hier an ein paar merkwürdige Beispiele. Es fällt nämlich diesen Grundsätzen nach schlechterdings alles weg, was man von Ärgernis erregenden Handlungen in Absicht auf Religion und Sitten besonders sagt. Wer Dinge äußert oder Handlungen vornimmt, welche das Gewissen und die Sittlichkeit des andren beleidigen, mag allerdings unmoralisch handeln, allein sofern er sich keine Zudringlichkeit zuschulden kommen läßt, kränkt er kein Recht. Es bleibt dem andren unbenommen, sich von ihm zu entfernen, oder macht die Lage dies unmöglich, so trägt er die unvermeidliche Unbequemlichkeit der Verbindung mit ungleichen Charakteren und darf nicht vergessen, daß vielleicht auch jener durch den Anblick von Seiten gestört wird, die ihm eigentümlich sind, da, auf wessen Seite sich das Recht befinde, immer nur da wichtig ist, wo es nicht an einem Rechte zu entscheiden fehlt. Selbst der doch gewiß weit schlimmere Fall, wenn der Anblick dieser oder jener Handlung, das Anhören dieses oder jenen Räsonnements die Tugend oder die Vernunft und den gesunden Verstand andrer verführte, würde keine Einschränkung der Freiheit erlauben. Wer so handelte oder sprach, beleidigte dadurch an sich niemandes Recht, und es stand dem andern frei, dem üblen Eindruck bei sich selbst Stärke des Willens oder Gründe der Vernunft entgegenzusetzen. Daher denn auch, wie groß sehr oft das hieraus entspringende Übel sein mag, wiederum auf der andren Seite nie der gute Erfolg ausbleibt, daß in diesem Fall die Stärke des Charakters, in dem vorigen die Toleranz und die Vielseitigkeit der Ansicht geprüft wird und gewinnt. Ich brauche hier wohl nicht zu erinnern, daß ich an diesen

Fällen hier nichts weiter betrachte, als ob sie die Sicherheit der Bürger stören? Denn ihr Verhältnis zur Sittlichkeit der Nation und was dem Staat in dieser Hinsicht erlaubt sein kann oder nicht, habe ich schon im vorigen auseinanderzusetzen versucht.

Da es indes mehrere Dinge gibt, deren Beurteilung positive, nicht jedem eigne Kenntnisse erfordert und wo daher die Sicherheit gestört werden kann, wenn jemand vorsätzlicher oder unbesonnener Weise die Unwissenheit andrer zu seinem Vorteile benutzt, so muß es den Bürgern freistehen, in diesen Fällen den Staat gleichsam um Rat zu fragen. Vorzüglich auffallende Beispiele hievon geben teils wegen der Häufigkeit des Bedürfnisses, teils wegen der Schwierigkeit der Beurteilung und endlich wegen der Größe des zu besorgenden Nachteils, Ärzte und zum Dienst der Parteien bestimmte Rechtsgelehrte ab. Um nun in diesen Fällen dem Wunsche der Nation zuvorzukommen, ist es nicht bloß ratsam, sondern sogar notwendig, daß der Staat diejenigen, welche sich zu solchen Geschäften bestimmen – insofern sie sich einer Prüfung unterwerfen wollen –, prüfe und, wenn die Prüfung gut ausfällt, mit einem Zeichen der Geschicklichkeit versehe und nun den Bürgern bekannt mache, daß sie ihr Vertrauen nur denjenigen gewiß schenken können, welche auf diese Weise bewährt gefunden worden sind. Weiter aber dürfte er auch nie gehen, nie weder denen, welche entweder die Prüfung ausgeschlagen oder in derselben unterlegen, die Übung ihres Geschäfts noch der Nation den Gebrauch derselben untersagen. Dann dürfte er dergleichen Veranstaltungen auch auf keine andre Geschäfte ausdehnen als auf solche, wo einmal nicht auf das Innere, sondern nur auf das Äußere des Menschen gewirkt werden soll, wo dieser folglich nicht selbst mitwirkend, sondern nur folgsam und leidend zu sein braucht und wo es demnach nur auf die Wahrheit oder Falschheit der Resultate ankommt; und wo zweitens die Beurteilung Kenntnisse voraussetzt, die ein ganz abgesondertes Gebiet für sich ausmachen, nicht durch Übung des Verstandes und der praktischen Urteilskraft erworben werden, und deren Seltenheit selbst das Ratfragen erschwert. Handelt der Staat gegen die letztere Bestimmung, so gerät er in Gefahr, die Nation träge, untätig, immer vertrauend auf fremde Kenntnis und fremden Willen zu machen, da gerade der Mangel sicherer, bestimmter Hilfe sowohl zu Bereicherung der eigenen Erfahrung und Kenntnis mehr anspornt, als auch die Bürger untereinander enger und mannigfaltiger verbindet, indem sie mehr einer von dem Rate des andren abhängig sind. Bleibt er der ersteren Bestimmung nicht getreu, so entspringen neben dem ebenerwähnten noch alle im Anfange dieses Aufsatzes weiter ausgeführte Nachteile. Schlechterdings müßte daher eine solche Veranstaltung wegfallen, um auch hier wiederum ein merkwürdiges Beispiel zu wählen, bei Religionslehrern. Denn was sollte der Staat bei ihnen prüfen? Bestimmte Sätze – davon hängt, wie oben genauer gezeigt ist, die Religion nicht ab; das Maß der intellektuellen Kräfte überhaupt – allein bei dem Religionslehrer, welcher bestimmt ist, Dinge vorzutragen, die in so genauem Zusammenhange mit der Individualität seiner Zuhörer stehen, kommt es beinah einzig auf das Verhältnis seines Verstandes zu dem Verstande dieser an, und so wird schon dadurch die Beurteilung unmöglich; die Rechtschaffenheit und den Charakter – allein dafür gibt es keine andre Prüfung als gerade eine solche, zu welcher die Lage des Staats sehr unbequem ist, Erkundigung nach den Umständen, dem bisherigen Betragen des Menschen usf. Endlich müßte überhaupt, auch in den oben von mir selbst gebilligten Fällen, eine Veranstaltung dieser Art doch nur immer da gemacht werden, wo der nicht zweifelhafte Wille der Nation sie forderte. Denn an sich ist sie unter freien, durch Freiheit selbst kultivierten Menschen nicht einmal notwendig, und immer könnte sie doch manchem Mißbrauch unterworfen sein. Da es mir überhaupt hier nicht um Ausführung einzelner Gegenstände, sondern nur um Bestimmung der Grundsätze zu tun ist, so will ich noch einmal kurz den Gesichtspunkt angeben, aus welchem allein ich einer solchen Einrichtung erwähnte. Der Staat soll nämlich auf keine Weise für das positive Wohl der Bürger sorgen, daher auch nicht für ihr Leben und ihre Gesundheit – es müßten denn Handlungen andrer ihnen Gefahr drohen –, aber wohl für ihre Sicherheit. Und nur insofern die Sicherheit selbst leiden kann, indem Betrügerei die Unwissenheit benutzt, könnte eine solche Aufsicht innerhalb der Grenzen der Wirksamkeit des Staats liegen. Indes muß doch bei einem Betruge dieser Art der Betrogene immer zur Überzeugung überredet werden, und da das Ineinanderfließen der verschiednen Nuancen hiebei schon eine allgemeine Regel beinah unmöglich macht, auch gerade die durch die Freiheit übriggelassene Möglichkeit des Betrugs die Menschen zu größerer Vorsicht und Klugheit schärft, so halte ich es für besser und den Prinzipien gemäßer, in der von bestimmten Anwendungen fernen Theorie Prohibitivgesetze nur auf diejenigen Fälle auszudehnen, wo ohne oder gar gegen den Willen des andren gehandelt wird. Das vorige Räsonnement wird jedoch immer dazu dienen, zu zeigen, wie auch andre Fälle – wenn die Notwendigkeit es erforderte – in Gemäßheit der aufgestellten Grundsätze behandelt werden müßten.

Wenn bis jetzt die Beschaffenheit der Folgen einer Handlung auseinandergesetzt ist, welche dieselbe der Aufsicht des Staats unterwirft, so fragt sich noch, ob jede Handlung eingeschränkt werden darf, bei welcher nur die Möglichkeit einer solchen Folge vorauszusehen ist, oder nur solche, mit welchen dieselbe notwendig verbunden ist. In dem ersteren Fall geriete die Freiheit, in dem letzteren die Sicherheit in Gefahr zu leiden. Es ist daher freilich soviel ersichtlich, daß ein Mittelweg getroffen werden muß. Diesen indes allgemein zu zeichnen, halte ich für unmöglich. Freilich müßte die Beratschlagung über einen Fall dieser Art durch die Betrachtung des Schadens, der Wahrscheinlichkeit des Erfolgs und der Einschränkung der Freiheit im Fall eines gegebnen Gesetzes zugleich geleitet werden. Allein keins dieser Stücke erlaubt eigentlich ein allgemeines Maß; vorzüglich täuschen immer Wahrscheinlichkeitsberechnungen. Die Theorie kann daher nicht mehr, als jene Momente der Überlegung angeben. In der Anwendung müßte man, glaube ich, allein auf die spezielle Lage sehen, nicht aber sowohl auf die allgemeine Natur der Fälle, und nur, wenn Erfahrung der Vergangenheit und Betrachtung der Gegenwart eine Einschränkung *notwendig* machte, dieselbe verfügen. Das Naturrecht, wenn man es auf das Zusammenleben mehrerer Menschen anwendet, scheidet die Grenzlinie scharf ab. Es mißbilligt alle Handlungen, bei welchen der eine *mit seiner Schuld* in den Kreis des andern eingreift, alle folglich, wo der Schade entweder aus einem eigentlichen Versehen entsteht oder wo derselbe immer oder doch in einem solchen Grade der Wahrscheinlichkeit mit der Handlung verbunden ist, daß der Handlende ihn entweder einsieht oder wenigstens nicht, ohne daß es ihm zugerechnet werden müßte, übersehn kann. Überall, wo sonst Schaden entsteht, ist es Zufall, den der Handlende zu ersetzen nicht verbunden ist. Eine weitere Ausdehnung ließe sich nur aus einem stillschweigenden Vertrage der Zusammenlebenden und also schon wiederum aus etwas Positivem herleiten. Allein hiebei auch im Staate stehenzubleiben könnte mit Recht bedenklich scheinen, vorzüglich wenn man die Wichtigkeit des zu besorgenden Schadens und die Möglichkeit bedenkt, die Einschränkung der Freiheit der Bürger nur wenig nachteilig zu machen. Auch läßt sich das Recht des Staats hiezu nicht bestreiten, da er nicht bloß insofern für die Sicherheit sorgen soll, daß er bei geschehenen Kränkungen des Rechts zur Entschädigung zwinge, sondern auch so, daß er Beeinträchtigungen verhindre. Auch kann ein Dritter, der einen Ausspruch tun soll, nur nach äußren Kennzeichen entscheiden. Unmöglich darf daher der Staat dabei stehenbleiben, abzuwarten, ob die Bürger es nicht werden an der gehörigen Vorsicht bei gefährlichen Handlungen mangeln lassen, noch kann er sich allein darauf einlassen, ob sie die Wahrscheinlichkeit des Schadens voraussehen; er muß vielmehr – wo wirklich die Lage die Besorgnis dringend macht – die an sich unschädliche Handlung selbst einschränken.

Vielleicht ließe sich demnach der folgende Grundsatz aufstellen: *um für die Sicherheit der Bürger Sorge zu tragen, muß der Staat diejenigen sich unmittelbar allein auf den Handlenden beziehenden Handlungen verbieten oder einschränken, deren Folgen die Rechte andrer kränken, d. i. ohne oder gegen die Einwilligung derselben ihre Freiheit oder ihren Besitz schmälern, oder von denen dies wahrscheinlich zu besorgen ist, eine Wahrscheinlichkeit, bei welcher allemal auf die Größe des zu besorgenden Schadens und die Wichtigkeit der durch ein Prohibitivgesetz entstehenden Freiheitseinschränkung zugleich Rücksicht genommen werden muß. Jede weitere oder aus andren Gesichtspunkten gemachte Beschränkung der Privatfreiheit aber liegt außerhalb der Grenzen der Wirksamkeit des Staats.*

Da meinen hier entwickelten Ideen nach der einzige Grund solcher Einschränkungen die Rechte andrer sind, so müßten dieselben natürlich sogleich wegfallen, als dieser Grund aufhörte und sobald also z. B., da bei den meisten Polizeiveranstaltungen die Gefahr sich nur auf den Umfang der Gemeinheit, des Dorfs, der Stadt erstreckt, eine solche Gemeinheit ihre Aufhebung ausdrücklich und einstimmig verlangte. Der Staat müßte alsdann zurücktreten und sich begnügen, die mit vorsätzlicher oder schuldbarer Kränkung der Rechte vorgefallenen Beschädigungen zu bestrafen. Denn dies allein, die Hemmung der Uneinigkeiten der Bürger untereinander, ist das wahre und eigentliche Interesse des Staats, an dessen Beförderung ihn nie der Wille einzelner Bürger, wären es auch die Beleidigten selbst, hindern darf. Denkt man sich aufgeklärte, von ihrem wahren Vorteil unterrichtete und daher gegenseitig wohlwollende Menschen in enger Verbindung miteinander, so werden leicht von selbst freiwillige, auf ihre Sicherheit abzweckende Verträge unter ihnen entstehen, Verträge z. B., daß dies oder jenes gefahrvolle Geschäft nur an bestimmten Orten oder zu gewissen Zeiten betrieben werden oder auch ganz unterbleiben soll. Verträge dieser Art sind Verordnungen des Staats bei weitem vorzuziehen. Denn da diejenigen selbst sie schließen, welche den Vorteil und Schaden davon unmittelbar und ebenso wie das Bedürfnis dazu selbst fühlen, so entstehen sie erstlich gewiß nicht leicht anders, als wenn sie wirklich notwendig sind; freiwillig eingegangen werden sie ferner besser und strenger befolgt; als Folgen der Selbsttätigkeit schaden sie endlich, selbst bei beträchtlicher Einschränkung der Freiheit, dennoch dem Charakter minder, und vielmehr, wie sie nur bei einem gewissen Maße der Aufklärung und des Wohlwollens entstehen, so tragen sie wiederum dazu bei, beide zu erhöhen. Das wahre Bestreben des Staats muß daher dahin gerichtet sein, die Menschen durch Freiheit dahin zu führen, daß leichter Gemeinheiten entstehen, deren Wirksamkeit in diesen und vielfältigen ähnlichen Fällen an die Stelle des Staats treten könne.

Ich habe hier gar keiner Gesetze erwähnt, welche den Bürgern positive Pflichten, dies oder jenes für den Staat oder für einander aufzuopfern oder zu tun, auflegten, dergleichen es doch bei uns überall gibt. Allein die Anwendung der Kräfte abgerechnet, welche jeder Bürger dem Staate, wo es erfordert wird, schuldig ist und von der ich in der Folge noch Gelegenheit haben werde zu reden, halte ich es auch nicht für gut, wenn der Staat einen Bürger zwingt, zum Besten des andren irgend etwas gegen seinen Willen zu tun, möchte er auch auf die vollständigste Weise dafür entschädigt werden. Denn da jede Sache und jedes Geschäft, der unendlichen Verschiedenheit der menschlichen Launen und Neigungen nach, jedem einen so unübersehbar verschiedenen Nutzen gewähren und da dieser Nutzen auf gleich mannigfaltige Weise interessant, wichtig, und unentbehrlich sein kann, so führt die Entscheidung, welches Gut des einen welchem des andren vorzuziehen sei – selbst wenn auch nicht die Schwierigkeit gänzlich davon zurückschreckt –, immer etwas Hartes, über die Empfindung und Individualität des andren Absprechendes mit sich. Aus eben diesem Grunde ist auch, da eigentlich nur das Gleichartige, eines die Stelle des andren ersetzen kann, wahre Entschädigung oft ganz unmöglich und fast nie allgemein bestimmbar. Zu diesen Nachteilen auch der besten Gesetze dieser Art kommt nun noch die Leichtigkeit des möglichen Mißbrauchs. Auf der andren Seite macht die Sicherheit – welche doch allein dem Staat die Grenzen richtig vorschreibt, innerhalb welcher er seine Wirksamkeit halten muß – Veranstaltungen dieser Art überhaupt nicht notwendig, da freilich jeder Fall, wo dies sich findet, eine Ausnahme sein muß; auch werden die Menschen wohlwollender gegeneinander und zu gegenseitiger Hilfsleistung bereitwilliger, je weniger sich ihre Eigenliebe und ihr Freiheitssinn durch ein eigentliches Zwangsrecht des andren gekränkt fühlt; und selbst wenn die Laune und der völlig grundlose Eigensinn eines Menschen ein gutes Unternehmen hindert, so ist diese Erscheinung nicht gleich von der Art, daß die Macht des Staats sich ins Mittel schlagen muß. Sprengt sie doch nicht in der physischen Natur jeden Fels, der dem Wanderer in dem Wege steht! Hindernisse beleben die Energie und schärfen die Klugheit, nur diejenigen, welche die Ungerechtigkeiten der Menschen hervorbringen, hemmen, ohne zu nützen; ein solches aber ist jener Eigensinn nicht, der zwar durch Gesetze für den einzelnen Fall gebeugt, aber nur durch Freiheit gebessert werden kann. Diese hier nur kurz zusammengenommene Gründe sind, dünkt mich, stark genug, um bloß der ehernen *Notwendigkeit* zu weichen, und der Staat muß sich daher begnügen, die schon außer der positiven Verbindung existierenden Rechte der Menschen, ihrem eignen Untergange die Freiheit oder das Eigentum des andren aufzuopfern, zu schützen.

Endlich entstehen eine nicht unbeträchtliche Menge von Polizeigesetzen aus solchen Handlungen, welche innerhalb der Grenzen des eignen, aber nicht alleinigen, sondern gemeinschaftlichen Rechts vorgenommen werden. Bei diesen sind Freiheitsbeschränkungen natürlich bei weitem minder bedenklich, da in dem gemeinschaftlichen Eigentum jeder Miteigentümer ein Recht zu widersprechen hat. Solch ein gemeinschaftliches Eigentum sind z. B. Wege, Flüsse, die mehrere Besitzungen berühren, Plätze und Straßen in Städten usf.

## XI

Verwickelter, allein für die gegenwärtige Untersuchung mit weniger Schwierigkeit verbunden, ist der Fall solcher Handlungen, welche sich unmittelbar und geradezu auf andre beziehen. Denn wo durch dieselben Rechte gekränkt werden, da muß der Staat natürlich sie hemmen und den Handlenden zum Ersatze des zugefügten Schadens zwingen. Sie kränken aber nach den im vorigen gerechtfertigten Bestimmungen das Recht nur dann, wenn sie dem andren gegen oder ohne seine Einwilligung etwas von seiner Freiheit oder seinem Vermögen entziehn. Wenn jemand von dem andren beleidigt worden ist, hat er ein Recht auf Ersatz, allein, da er in der Gesellschaft seine Privatrache dem Staat übertragen hat, auf nichts weiter als auf diesen. Der Beleidiger ist daher dem Beleidigten auch nur zur Erstattung des Entzognen oder, wo dies nicht möglich ist, zur Entschädigung verbunden und muß dafür mit seinem Vermögen und seinen Kräften, insofern er durch diese zu erwerben vermögend ist, einstehn. Beraubung der Freiheit, die z. B. bei uns bei unvermögenden Schuldnern eintritt, kann nur als ein untergeordnetes Mittel, um nicht Gefahr zu laufen, mit der Person des Verpflichteten seinen künftigen Erwerb zu verlieren, stattfinden. Nun darf der Staat zwar dem Beleidigten kein rechtmäßiges Mittel zur Entschädigung versagen, allein er muß auch verhüten, daß nicht Rachsucht sich dieses Vorwands gegen den Beleidiger bediene. Er muß dies um so mehr, als im außergesellschaftlichen Zustande dieser dem Beleidigten, wenn derselbe die Grenzen des Rechts überschritte, Widerstand leisten würde und hingegen hier die unwiderstehliche Macht des Staats ihn trifft und als allgemeine Bestimmungen, die immer da notwendig sind, wo ein Dritter entscheiden soll, dergleichen Vorwände immer eher begünstigen. Die Versicherung der Person der Schuldner z. B. dürfte daher leicht noch mehr Ausnahmen erfordern, als die meisten Gesetze davon verstatten.

Handlungen, die mit gegenseitiger Einwilligung vorgenommen werden, sind völlig denjenigen gleich, welche *ein* Mensch für sich, ohne unmittelbare Beziehung auf andre ausübt, und ich könnte daher bei ihnen nur dasjenige wiederholen, was ich im vorigen von diesen gesagt habe. Indes gibt es dennoch unter ihnen *eine* Gattung, welche völlig eigne Bestimmungen notwendig macht, diejenigen nämlich, die nicht gleich und auf einmal vollendet werden, sondern sich auf die Folge erstrecken. Von dieser Art sind alle Willenserklärungen, aus welchen vollkommene Pflichten der Erklärenden entspringen, sie mögen einseitig oder gegenseitig geschehen. Sie übertragen einen Teil des Eigentums von dem einen auf den andren, und die Sicherheit wird gestört, wenn der Übertragende durch Nichterfüllung des Versprechens das Übertragene wiederum zurückzunehmen sucht. Es ist daher eine der wichtigsten Pflichten des Staats, Willenserklärungen aufrechtzuerhalten. Allein der Zwang, welchen jede Willenserklärung auflegt, ist nur dann gerecht und heilsam, wenn einmal bloß der Erklärende dadurch eingeschränkt wird und zweitens dieser wenigstens mit gehöriger Fähigkeit der Überlegung – überhaupt und in dem Moment der Erklärung – und mit freier Beschließung handelte. Überall, wo dies nicht der Fall ist, ist der Zwang ebenso ungerecht als schädlich. Auch ist auf der einen Seite die Überlegung für die Zukunft nur immer auf eine sehr unvollkommene Weise möglich, und auf der andren sind manche Verbindlichkeiten von der Art, daß sie der Freiheit Fesseln anlegen, welche der ganzen Ausbildung des Menschen hinderlich sind. Es entsteht also die zweite Verbindlichkeit des Staats, rechtswidrigen Willenserklärungen den Beistand der Gesetze zu versagen und auch alle nur mit der Sicherheit des Eigentums vereinbare Vorkehrungen zu treffen, um zu verhindern, daß nicht die Unüberlegtheit *eines* Moments dem Menschen Fesseln anlege, welche seine ganze Ausbildung hemmen oder zurückhalten. Was zur Gültigkeit eines Vertrags oder einer Willenserklärung überhaupt erfordert wird, setzen die Theorien des Rechts gehörig auseinander. Nur in Absicht des Gegenstandes derselben bleibt mir hier zu erinnern übrig, daß der Staat, dem den vorhin entwickelten Grundsätzen gemäß schlechterdings bloß die Erhaltung der Sicherheit obliegt, keine andern Gegenstände ausnehmen darf als diejenigen, welche entweder schon die allgemeinen Begriffe des Rechts selbst ausnehmen oder deren Ausnahme gleichfalls durch die Sorge für die Sicherheit gerechtfertigt wird. Als hieher gehörig aber zeichnen sich vorzüglich nur folgende Fälle aus: 1. wo der Versprechende kein Zwangsrecht übertragen kann, ohne sich selbst bloß zu einem Mittel der Absichten des andren herabzuwürdigen, wie z. B. jeder auf Sklaverei hinauslaufende Vertrag wäre; 2. wo der Versprechende selbst über die Leistung des Versprochenen, der Natur desselben nach, keine Gewalt hat, wie z. B. bei Gegenständen der Empfindung und des Glaubens der Fall ist; 3. wo das Versprechen, entweder an sich oder in seinen Folgen den Rechten andrer entweder wirklich entgegen oder doch gefährlich ist, wobei alle bei Gelegenheit der Handlungen einzelner Menschen entwickelte Grundsätze eintreten. Der Unterschied zwischen diesen Fällen ist nun der, daß in dem ersten und zweiten der Staat bloß das Zwangsrecht der Gesetze versagen muß, übrigens aber weder Willenserklärungen dieser Art noch auch ihre Ausübung, insofern diese nur mit gegenseitiger Bewilligung geschieht, hindern darf, da er hingegen in dem zuletzt aufgeführten auch die bloße Willenserklärung an sich untersagen kann und muß.

Wo aber gegen die Rechtmäßigkeit eines Vertrags oder einer Willenserklärung kein Einwand zu machen ist, da kann der Staat dennoch, um den Zwang zu erleichtern, welchen selbst der freie Wille der Menschen sich untereinander auflegt, indem er die Trennung der durch den Vertrag eingegangenen Verbindung minder erschwert, verhindern, daß nicht der zu einer Zeit gefaßte Entschluß auf einen zu großen Teil des Lebens hinaus die Willkür beschränke. Wo ein Vertrag bloß auf Übertragung von Sachen ohne weiteres persönliches Verhältnis abzweckt, halte ich eine solche Veranstaltung nicht ratsam. Denn einmal sind dieselben weit seltener von der Art, daß sie auf ein dauerndes Verhältnis der Kontrahenten führen; dann stören auch bei ihnen vorgenommene Einschränkungen die Sicherheit der Geschäfte auf eine bei weitem schädlichere Weise; und endlich ist es von manchen Seiten und vorzüglich zur Ausbildung der Beurteilungskraft und zur Beförderung der Festigkeit des Charakters gut, daß das einmal gegebene Wort unwiderruflich binde, so daß man diesen Zwang nie ohne eine wahre Notwendigkeit erleichtern muß, welche bei der Übertragung von Sachen, wodurch zwar diese oder jene Ausübung der menschlichen Tätigkeit gehemmt, aber die Energie selbst nicht leicht geschwächt werden kann, nicht eintritt. Bei Verträgen hingegen, welche persönliche Leistungen zur Pflicht machen oder gar eigentliche persönliche Verhältnisse hervorbringen, ist es bei weitem anders. Der Zwang ist bei ihnen den edelsten Kräften des Menschen nachteilig, und da das Gelingen der Geschäfte selbst, die durch sie bewirkt werden, obgleich mehr oder minder, von der fortdauernden Einwilligung der Parteien abhängt, so ist auch bei ihnen eine Einschränkung dieser Art minder schädlich. Wo daher durch den Vertrag ein solches persönliches Verhältnis entsteht, das nicht bloß einzelne Handlungen fordert, sondern im eigentlichsten Sinn die Person und die ganze Lebensweise betrifft, wo dasjenige, was geleistet, oder dasjenige, dem entsagt wird, in dem genauesten Zusammenhange mit inneren Empfindungen steht, da muß die Trennung zu jeder Zeit und ohne Anführung aller Gründe erlaubt sein. So bei der Ehe. Wo das Verhältnis zwar weniger eng ist, indes gleichfalls die persönliche Freiheit eng beschränkt, da, glaube ich, müßte der Staat eine Zeit festsetzen, deren

Länge auf der einen Seite nach der Wichtigkeit der Beschränkung, auf der andren nach der Natur des Geschäfts zu bestimmen wäre, binnen welcher zwar keiner beider Teile einseitig abgehen dürfte, nach Verlauf welcher aber der Vertrag ohne Erneuerung kein Zwangsrecht nach sich ziehen könnte, selbst dann nicht, wenn die Parteien bei Eingehung des Vertrags diesem Gesetze entsagt hätten. Denn wenn es gleich scheint, als sei eine solche Anordnung eine bloße Wohltat des Gesetzes und dürfte sie ebensowenig als irgendeine andre jemandem aufgedrungen werden, so wird ja niemandem hierdurch die Befugnis genommen, auch das ganze Leben hindurch dauernde Verhältnisse einzugehen, sondern bloß dem einen das Recht, den andern da zu zwingen, wo der Zwang den höchsten Zwecken desselben hinderlich sein würde. Ja es ist um so weniger eine bloße Wohltat, als die hier genannten Fälle und vorzüglich der der Ehe (sobald nämlich die freie Willkür nicht mehr das Verhältnis begleitet) nur dem Grade nach von denjenigen verschieden sind, worin der eine sich zu einem bloßen Mittel der Absicht des andren macht oder vielmehr von dem andren dazu gemacht wird; und die Befugnis, hier die Grenzlinie zu bestimmen zwischen dem ungerechter und gerechter Weise aus dem Vertrag entstehenden Zwangsrecht, kann dem Staat, d. i. dem gemeinsamen Willen der Gesellschaft, nicht bestritten werden, da, ob die aus einem Vertrage entstehende Beschränkung den, welcher seine Willensmeinung geändert hat, wirklich nur zu einem Mittel des andren macht, völlig genau und der Wahrheit angemessen zu entscheiden, nur in jeglichem speziellen Fall möglich sein würde. Endlich kann es auch nicht eine Wohltat aufdringen heißen, wenn man die Befugnis aufhebt, ihr im voraus zu entsagen.

Die ersten Grundsätze des Rechts lehren von selbst, und es ist auch im vorigen schon ausdrücklich erwähnt worden, daß niemand gültigerweise über etwas andres einen Vertrag schließen oder überhaupt seinen Willen erklären kann, als über das, was wirklich sein Eigentum ist, *seine* Handlungen oder *seinen* Besitz. Es ist auch gewiß, daß der wichtigste Teil der Sorgfalt des Staats für die Sicherheit der Bürger, insofern Verträge oder Willenserklärungen auf dieselbe Einfluß haben, darin besteht, über der Ausübung dieses Satzes zu wachen. Dennoch finden sich noch ganze Gattungen der Geschäfte, bei welchen man seine Anwendung gänzlich vermißt. So alle Dispositionen von Todes wegen, auf welche Art sie geschehen mögen, ob direkt oder indirekt, nur bei Gelegenheit eines andren Vertrags, ob in einem Vertrage, Testamente oder irgendeiner andren Disposition, welcher Art sie sei. Alles Recht kann sich unmittelbar nur immer auf die Person beziehn; auf Sachen ist es nicht anders denkbar, als insofern die Sachen durch Handlungen mit der Person verknüpft sind. Mit dem Aufhören der Person fällt daher auch dies Recht weg. Der Mensch darf daher zwar bei seinem Leben mit seinen Sachen nach Gefallen schalten, sie ganz oder zum Teil, ihre Substanz oder ihre Benutzung oder ihren Besitz veräußern, auch seine Handlungen, seine Disposition über sein Vermögen, wie er es gut findet, im voraus beschränken. Keinesweges aber steht ihm die Befugnis zu, auf eine für andre verbindliche Weise zu bestimmen, wie es mit seinem Vermögen nach seinem Tode gehalten werden oder wie der künftige Besitzer desselben handlen oder nicht handlen solle. Ich verweile nicht bei den Einwürfen, welche sich gegen diese Sätze erheben lassen. Die Gründe und Gegengründe sind schon hinlänglich in der bekannten Streitfrage über die Gültigkeit der Testamente nach dem Naturrecht auseinandergesetzt worden, und der Gesichtspunkt des Rechts ist hier überhaupt minder wichtig, da freilich der ganzen Gesellschaft die Befugnis nicht bestritten werden kann, letztwilligen Erklärungen die ihnen sonst mangelnde Gültigkeit positiv beizulegen. Allein wenigstens in der Ausdehnung, welche ihnen die meisten unsrer Gesetzgebungen beilegen, nach dem System unsres gemeinen Rechts, in welchem sich hier die Spitzfindigkeit römischer Rechtsgelehrten mit der eigentlich auf die Trennung aller Gesellschaft hinauslaufenden Herrschsucht des Lehnwesens vereint, hemmen sie die Freiheit, deren die Ausbildung des Menschen notwendig bedarf, und streiten gegen alle in diesem ganzen Aufsatz entwickelte Grundsätze. Denn sie sind das vorzüglichste Mittel, wodurch eine Generation der andren Gesetze vorschreibt, wodurch Mißbräuche und Vorurteile, die sonst nicht leicht die Gründe überleben würden, welche ihr Entstehen unvermeidlich oder ihr Dasein unentbehrlich machen, von

Jahrhunderten zu Jahrhunderten forterben, wodurch endlich, statt daß die Menschen den Dingen die Gestalt geben sollten, diese die Menschen selbst ihrem Joche unterwerfen. Auch lenken sie am meisten den Gesichtspunkt der Menschen von der wahren Kraft und ihrer Ausbildung ab und auf den äußren Besitz und das Vermögen hin, da dies nun einmal das einzige ist, wodurch dem Willen noch nach dem Tode Gehorsam erzwungen werden kann. Endlich dient die Freiheit letztwilliger Verordnungen sehr oft und meistenteils gerade den unedleren Leidenschaften des Menschen, dem Stolze, der Herrschsucht, der Eitelkeit usf., sowie überhaupt viel häufiger nur die minder Weisen und minder Guten davon Gebrauch machen, da der Weisere sich in acht nimmt, etwas für eine Zeit zu verordnen, deren individuelle Umstände seiner Kurzsichtigkeit verborgen sind, und der Bessere sich freut, auf keine Gelegenheit zu stoßen, wo er den Willen andrer einschränken muß, statt dieselben noch begierig hervorzusuchen. Nicht selten mag sogar das Geheimnis und die Sicherheit vor dem Urteil der Mitwelt Dispositionen begünstigen, die sonst die Scham unterdrückt hätte. Diese Gründe zeigen, wie es mir scheint, hinlänglich die Notwendigkeit, wenigstens gegen die Gefahr zu sichern, welche die testamentarischen Dispositionen der Freiheit der Bürger drohen.

Was soll aber, wenn der Staat die Befugnis gänzlich aufhebt, Verordnungen zu machen, welche sich auf den Fall des Todes beziehen – wie denn die Strenge der Grundsätze dies allerdings erfordert –, an ihre Stelle treten? Da Ruhe und Ordnung allen erlaubte Besitznehmung unmöglich machen, unstreitig nichts anders als eine vom Staat festgesetzte Intestaterbfolge. Allein dem Staate einen so mächtigen positiven Einfluß, als er durch diese Erbfolge, bei gänzlicher Abschaffung der eignen Willenserklärungen der Erblasser, erhielte, einzuräumen, verbieten auf der andren Seite manche der im vorigen entwickelten Grundsätze. Schon mehr als einmal ist der genaue Zusammenhang der Gesetze der Intestatsukzession mit den politischen Verfassungen der Staaten bemerkt worden, und leicht ließe sich dieses Mittel auch zu andren Zwecken gebrauchen. Überhaupt ist im ganzen der mannigfaltige und wechselnde Wille der einzelnen Menschen dem einförmigen und unveränderlichen des Staats vorzuziehen. Auch scheint es, welcher Nachteile man immer mit Recht die Testamente beschuldigen mag, dennoch hart, dem Menschen die unschuldige Freude des Gedankens zu rauben, diesem oder jenem mit seinem Vermögen noch nach seinem Tode wohltätig zu werden; und wenn große Begünstigung derselben der Sorgfalt für das Vermögen eine zu große Wichtigkeit gibt, so führt auch gänzliche Aufhebung vielleicht wiederum zu dem entgegengesetzten Übel. Dazu entsteht durch die Freiheit der Menschen, ihr Vermögen willkürlich zu hinterlassen, ein neues Band unter ihnen, das zwar oft sehr mißbraucht, allein auch oft heilsam benutzt werden kann. Und die ganze Absicht der hier vorgetragenen Ideen ließe sich ja vielleicht nicht unrichtig darin setzen, daß sie alle Fesseln in der Gesellschaft zu zerbrechen, aber auch dieselbe mit so viel Banden als möglich untereinander zu verschlingen bemüht sind. Der Isolierte vermag sich ebenso wenig zu bilden als der Gefesselte. Endlich ist der Unterschied so klein, ob jemand in dem Moment seines Todes sein Vermögen wirklich verschenkt oder durch ein Testament hinterläßt, da er doch zu dem ersteren ein unbezweifeltes und unentreißbares Recht hat.

Der Widerspruch, in welchen die hier aufgeführten Gründe und Gegengründe zu verwickeln schienen, löst sich, dünkt mich, durch die Betrachtung, daß eine letztwillige Verordnung zweierlei Bestimmungen enthalten kann, 1. wer unmittelbar der nächste Besitzer des Nachlasses sein, 2. wie er damit schalten, wem er ihn wiederum hinterlassen und wie es überhaupt in der Folge damit gehalten werden soll, und daß alle vorhin erwähnte Nachteile nur von der letzteren, alle Vorteile hingegen allein von der ersteren gelten. Denn haben die Gesetze nur, wie sie allerdings müssen, durch gehörige Bestimmung eines Pflichtteils Sorge getragen, daß kein Erblasser eine wahre Unbilligkeit oder Ungerechtigkeit begehen kann, so scheint mir von der bloß wohlwollenden Meinung, jemanden noch nach seinem Tode zu beschenken, keine sonderliche Gefahr zu befürchten zu sein. Auch werden die Grundsätze, nach welchen die Menschen hierin verfahren werden, zu *einer* Zeit gewiß immer ziemlich dieselben sein, und die größere Häufigkeit oder Seltenheit der Testamente wird dem Gesetzgeber selbst zugleich zu einem Kennzeichen dienen, ob die von ihm eingeführte Intestaterbfolge noch passend ist oder nicht. Dürfte es daher vielleicht nicht ratsam sein, nach der zwiefachen Natur dieses Gegenstandes, auch die Maßregeln des Staats in Betreff seiner zu teilen, auf der einen Seite zwar jedem zu gestatten, die Einschränkung in Absicht des Pflichtteils ausgenommen, zu bestimmen, *wer* sein Vermögen nach seinem Tode besitzen solle, aber ihm auf der andern zu verbieten, gleichfalls auf irgendeine nur denkbare Weise zu verordnen, wie derselbe übrigens damit schalten oder walten solle? Leicht könnte nun zwar das, was der Staat erlaubte, als ein Mittel gemißbraucht werden, auch das zu tun, was er untersagte. Allein diesem müßte die Gesetzgebung durch einzelne und genaue Bestimmungen zuvorzukommen bemüht sein. Als solche Bestimmungen ließen sich z. B., da die Ausführung dieser Materie nicht hiehergehört, folgende vorschlagen, daß der Erbe durch keine Bedingung bezeichnet werden dürfte, die er nach dem Tode des Erblassers vollbringen müßte, um wirklich Erbe zu sein; daß der Erblasser immer nur den nächsten Besitzer seines Vermögens, nie aber einen folgenden ernennen und dadurch die Freiheit des früheren beschränken dürfte; daß er zwar mehrere Erben ernennen könnte, aber dies nicht geradezu tun müßte; eine Sache zwar dem Umfange, nie aber den Rechten nach, z. B. Substanz und Nießbrauch, teilen dürfte usf. Denn hieraus, wie auch aus der hiermit nah verbundnen Idee, daß der Erbe den Erblasser vorstellt – die sich, wenn ich mich nicht sehr irre, wie so vieles andre, in der Folge für uns noch äußerst wichtig Gewordene auf eine Formalität der Römer und also auf die mangelhafte Einrichtung der Gerichtsverfassung eines erst sich bildenden Volkes gründet –, entspringen mannigfaltige Unbequemlichkeiten und Freiheitsbeschränkungen. Allen diesen aber wird es möglich sein zu entgehen, wenn man den Satz nicht aus den Augen verliert, daß dem Erblasser nichts weiter verstattet sein darf, als aufs höchste seinen Erben zu nennen; daß der Staat, wenn dies gültig geschehen ist, diesem Erben zum Besitze verhelfen, aber jeder weitergehenden Willenserklärung des Erblassers seine Unterstützung versagen muß.

Für den Fall, wo keine Erbesernennung von dem Erblasser geschehen ist, muß der Staat eine Intestaterbfolge anordnen. Allein die Ausführung der Sätze, welche dieser sowie der Bestimmung des Pflichtteils zum Grunde liegen müssen, gehört nicht zu meiner gegenwärtigen Absicht, und ich kann mich mit der Bemerkung begnügen, daß der Staat auch hier nicht positive Endzwecke, z. B. Aufrechthaltung des Glanzes und des Wohlstandes der Familien oder in dem entgegengesetzten Extreme Versplitterung des Vermögens durch Vervielfachung der Teilnehmer oder gar reichlichere Unterstützung des größeren Bedürfnisses, vor Augen haben darf, sondern allein den Begriffen des Rechts folgen muß, die sich hier vielleicht bloß auf den Begriff des ehemaligen Miteigentums bei dem Leben des Erblassers beschränken, und so das erste Recht der Familie, das fernere der Gemeine usw. einräumen.

Sehr nah verwandt mit der Erbschaftsmaterie ist die Frage, inwiefern Verträge unter Lebendigen auf die Erben übergehen müssen. Die Antwort muß sich aus dem festgestellten Grundsatz ergeben. Dieser aber war folgender: der Mensch darf bei seinem Leben seine Handlungen beschränken und sein Vermögen veräußern, wie er will, auf die Zeit seines Todes aber weder die Handlungen dessen bestimmen wollen, der alsdann sein Vermögen besitzt, noch auch hierüber eine Anordnung irgendeiner Gattung (man müßte denn die bloße Ernennung eines Erben billigen) treffen. Es müßten daher alle diejenigen Verbindlichkeiten auf den Erben übergehn und gegen ihn erfüllt werden, welche wirklich die Übertragung eines Teils des Eigentums in sich schließen, folglich das Vermögen des Erblassers entweder verringert oder vergrößert haben; hingegen keine von denjenigen, welche entweder in Handlungen des Erblassers bestanden oder sich nur auf die Person desselben bezogen. Selbst aber mit diesen Einschränkungen bleibt die Möglichkeit, seine Nachkommenschaft durch Verträge, die zur Zeit des Lebens geschlossen sind, in bindende Verhältnisse zu verwickeln, noch immer zu groß. Denn man kann ebensogut Rechte als Stücke seines Vermögens veräußern; eine solche Veräußerung muß notwendig für die Erben, die in keine andre Lage treten können, als in welcher der Erblasser selbst war, verbindlich sein, und nun führt der geteilte Besitz mehrerer Rechte auf *eine* und die nämliche Sache allemal zwingende persönliche Verhältnisse mit sich. Es dürfte daher wohl, wenn nicht notwendig, doch aufs mindeste sehr ratsam sein, wenn der Staat entweder untersagte, Verträge dieser Art anders als auf die Lebenszeit zu machen, oder wenigstens die Mittel erleichterte, eine wirkliche Trennung des Eigentums da zu bewirken, wo ein solches Verhältnis einmal entstanden wäre. Die genauere Ausführung einer solchen Anordnung gehört wiederum nicht hieher und das um so weniger, als, wie es mir scheint, dieselbe nicht sowohl durch Feststellung allgemeiner Grundsätze als durch einzelne auf bestimmte Verträge gerichtete Gesetze zu machen sein würde.

Je weniger der Mensch anders zu handeln vermocht wird, als sein Wille verlangt oder seine Kraft ihm erlaubt, desto günstiger ist seine Lage im Staat. Wenn ich in Bezug auf diese Wahrheit – um welche allein sich eigentlich alle in diesem Aufsatze vorgetragene Ideen drehen – das Feld unsrer Ziviljurisprudenz übersehe, so zeigt sich mir neben andren, minder erheblichen Gegenständen noch ein äußerst wichtiger, die Gesellschaften nämlich, welche man, im Gegensatze der physischen Menschen, moralische Personen zu nennen pflegt. Da sie immer eine von der Zahl der Mitglieder, welche sie ausmachen, unabhängige Einheit enthalten, welche sich, mit nur unbeträchtlichen Veränderungen, durch eine lange Reihe von Jahren hindurch erhält, so bringen sie aufs mindeste alle die Nachteile hervor, welche im vorigen als Folgen letztwilliger Verordnungen dargestellt worden sind. Denn wenngleich ein sehr großer Teil ihrer Schädlichkeit bei uns aus einer nicht notwendig mit ihrer Natur verbundnen Einrichtung – den ausschließlichen Privilegien nämlich, welche ihnen bald der Staat ausdrücklich, bald die Gewohnheit stillschweigend erteilt und durch welche sie oft wahre politische Korps werden – entsteht, so führen sie doch auch an sich noch immer eine beträchtliche Menge von Unbequemlichkeiten mit sich. Diese aber entstehen allemal nur dann, wenn die Verfassung derselben entweder alle Mitglieder, gegen ihren Willen, zu dieser oder jener Anwendung der gemeinschaftlichen Mittel zwingt oder doch dem Willen der kleineren

Zahl, durch Notwendigkeit der Übereinstimmung aller, erlaubt, den der größeren zu fesseln. Übrigens sind Gesellschaften und Vereinigungen, weit entfernt, an sich schädliche Folgen hervorzubringen, gerade eins der sichersten und zweckmäßigsten Mittel, die Ausbildung des Menschen zu befördern und zu beschleunigen. Das Vorzüglichste, was man hiebei vom Staat zu erwarten hätte, dürfte daher nur die Anordnung sein, daß jede moralische Person oder Gesellschaft für nichts weiter als für die Vereinigung der jedesmaligen Mitglieder anzusehen sei und daher nichts diese hindern könne, über die Verwendung der gemeinschaftlichen Kräfte und Mittel durch Stimmenmehrheit nach Gefallen zu beschließen. Nur muß man sich wohl in acht nehmen, für diese Mitglieder bloß diejenigen anzusehen, auf welchen wirklich die Gesellschaft beruht, nicht aber diejenigen, welcher sich diese nur etwa als Werkzeuge bedienen – eine Verwechslung, welche nicht selten und vorzüglich bei Beurteilung der Rechte der Geistlichkeit gemacht worden ist.

Aus diesem bisherigen Räsonnement nun rechtfertigen sich, glaube ich, folgende Grundsätze. *Da, wo der Mensch nicht bloß innerhalb des Kreises seiner Kräfte und seines Eigentums bleibt, sondern Handlungen vornimmt, welche sich unmittelbar auf den andren beziehen, legt die Sorgfalt für die Sicherheit dem Staat folgende Pflichten auf.*

*1. Bei denjenigen Handlungen, welche ohne oder gegen den Willen des andren vorgenommen werden, muß er verbieten, daß dadurch der andre in dem Genuß seiner Kräfte oder dem Besitz seines Eigentums gekränkt werde; im Fall der Übertretung den Beleidiger zwingen, den angerichteten Schaden zu ersetzen, aber den Beleidigten verhindern, unter diesem Vorwande oder außerdem eine Privatrache an demselben zu üben.*

*2. Diejenigen Handlungen, welche mit freier Bewilligung des andren geschehen, muß er in eben denjenigen, aber keinen engern Schranken halten, als welche den Handlungen einzelner Menschen im vorigen vorgeschrieben sind.*

*3. Wenn unter den eben erwähnten Handlungen solche sind, aus welchen Rechte und Verbindlichkeiten für die Folge unter den Parteien entstehen (einseitige und gegenseitige Willenserklärungen, Verträge usf.), so muß der Staat das aus denselben entspringende Zwangsrecht zwar überall da schützen, wo dasselbe in dem Zustande der Fähigkeit gehöriger Überlegung in Absicht eines der Disposition des übertragenden unterworfenen Gegenstandes und mit freier Beschließung übertragen wurde; hingegen niemals da, wo es entweder den Handlenden selbst an einem dieser Stücke fehlt oder wo ein Dritter gegen oder ohne seine Einwilligung widerrechtlich beschränkt werden würde.*

*4. Selbst bei gültigen Verträgen muß er, wenn aus denselben solche persönliche Verbindlichkeiten oder vielmehr ein solches persönliches Verhältnis entspringt, welches die Freiheit sehr eng beschränkt, die Trennung, auch gegen den Willen eines Teils, immer in dem Grade der Schädlichkeit der Beschränkung für die innere Ausbildung erleichtern; und daher da, wo die Leistung der aus dem Verhältnis entspringenden Pflichten mit inneren Empfindungen genau verschwistert ist, dieselbe unbestimmt und immer, da hingegen, wo bei zwar enger Beschränkung doch gerade dies nicht der Fall ist, nach einer zugleich nach der Wichtigkeit der Beschränkung und der Natur des Geschäfts zu bestimmenden Zeit erlauben.*

*5. Wenn jemand über sein Vermögen auf den Fall seines Todes disponieren will, so dürfte es zwar ratsam sein, die Ernennung des nächsten Erben ohne Hinzufügung irgendeiner die Fähigkeit desselben, mit dem Vermögen nach Gefallen zu schalten, einschränkenden Bedingung, zu gestatten; hingegen*

*6. ist es notwendig, alle weitere Disposition dieser Art gänzlich zu untersagen und zugleich eine Intestaterbfolge und einen bestimmten Pflichtteil festzusetzen.*

*7. Wenngleich unter Lebendigen geschlossene Verträge insofern auf die Erben übergehn und gegen die Erben erfüllt werden müssen als sie dem hinterlassenen Vermögen eine andre Gestalt geben, so darf doch der Staat nicht nur keine weitere Ausdehnung dieses Satzes gestatten, sondern es wäre auch allerdings ratsam, wenn derselbe einzelne Verträge, welche ein enges und beschränkendes Verhältnis unter den Parteien hervorbringen (wie z. B. die Teilung der Rechte auf eine Sache zwischen mehreren), entweder nur auf die Lebenszeit zu schließen erlaubte oder doch dem Erben des einen oder andren Teils die Trennung erleichterte. Denn wenngleich hier nicht dieselben Gründe als im vorigen bei persönlichen Verhältnissen eintreten, so ist auch die Einwilligung der Erben minder frei und die Dauer des Verhältnisses sogar unbestimmt lang.*

Wäre mir die Aufstellung dieser Grundsätze völlig meiner Absicht nach gelungen, so müßten dieselben allen denjenigen Fällen die höchste Richtschnur vorschreiben, in welchen die Zivilgesetzgebung für die Erhaltung der Sicherheit zu sorgen hat. So habe ich auch z. B. der moralischen Personen in denselben nicht erwähnt, da, je nachdem eine solche Gesellschaft durch einen letzten Willen oder einen Vertrag entsteht, sie nach den von diesen redenden Grundsätzen zu beurteilen ist. Freilich aber verbietet mir schon der Reichtum der in der Zivilgesetzgebung enthaltenen Fälle, mir mit dem Gelingen dieses Vorsatzes zu schmeicheln.

## XII

Dasjenige, worauf die Sicherheit der Bürger in der Gesellschaft vorzüglich beruht, ist die Übertragung aller eigenmächtigen Verfolgung des Rechts an den Staat. Aus dieser Übertragung entspringt aber auch für diesen die Pflicht, den Bürgern nunmehr zu leisten, was sie selbst sich nicht mehr verschaffen dürfen, und folglich das Recht, wenn es unter ihnen streitig ist, zu entscheiden und den, auf dessen Seite es sich findet, in dem Besitze desselben zu schützen. Hiebei tritt der Staat allein und ohne alles eigne Interesse in die Stelle der Bürger. Denn die Sicherheit wird hier nur dann wirklich verletzt, wenn derjenige, welcher Unrecht leidet oder zu leiden vermeint, dies nicht geduldig ertragen will, nicht aber dann, wenn er entweder einwilligt oder doch Gründe hat, sein Recht nicht verfolgen zu wollen. Ja selbst wenn Unwissenheit oder Trägheit Vernachlässigung des eignen Rechtes veranlaßte, dürfte der Staat sich nicht von selbst darin mischen. Er hat seinen Pflichten Genüge geleistet, sobald er nur nicht durch verwickelte, dunkle oder nicht gehörig bekanntgemachte Gesetze zu dergleichen Irrtümern Gelegenheit gibt. Eben diese Gründe gelten nun auch von allen Mitteln, deren der Staat sich zur Ausmittelung des Rechts da bedient, wo es wirklich verfolgt wird. Er darf darin nämlich niemals auch nur einen Schritt weiter zu gehen wagen, als ihn der Wille der Parteien führt. Der erste Grundsatz jeder Prozeßordnung müßte daher notwendig der sein, niemals die Wahrheit an sich und schlechterdings, sondern nur immer insofern aufzusuchen, als diejenige Partei es fordert, welche deren Aufsuchung überhaupt zu verlangen berechtigt ist. Allein auch hier treten noch neue Schranken ein. Der Staat darf nämlich nicht jedem Verlangen der Parteien willfahren, sondern nur demjenigen, welches zur Aufklärung des streitigen Rechtes dienen kann und auf die Anwendung solcher Mittel gerichtet ist, welche auch außer der Staatsverbindung der Mensch gegen den Menschen, und zwar in dem Falle gebrauchen kann, in welchem bloß ein Recht zwischen ihnen streitig ist, in welchem aber der andre ihm entweder überhaupt nicht oder wenigstens nicht erwiesenermaßen etwas entzogen hat. Die hinzukommende Gewalt des Staats darf nicht mehr tun, als nur die Anwendung dieser Mittel sichern und ihre Wirksamkeit unterstützen. Hieraus entsteht der Unterschied zwischen dem Zivil- und Kriminalverfahren, daß in jenem das äußerste Mittel zur Erforschung der Wahrheit der Eid ist, in diesem aber der Staat einer größeren Freiheit genießt. Da der Richter bei der Ausmittelung des streitigen Rechts gleichsam zwischen beiden Teilen steht, so ist es seine Pflicht zu verhindern, daß keiner derselben durch die Schuld des andern in der Erreichung seiner Absicht entweder ganz gestört oder doch hingehalten werde; und so entsteht der zweite gleich notwendige Grundsatz, das Verfahren der Parteien während des Prozesses unter spezieller Aufsicht zu haben und zu verhindern, daß es, statt sich dem gemeinschaftlichen Endzweck zu nähern, sich vielmehr davon entferne. Die höchste und genaueste Befolgung jedes dieser beiden Grundsätze würde, dünkt mich, die beste Prozeßordnung hervorbringen. Denn übersieht man den letzteren, so ist der Schikane der Parteien und der Nachlässigkeit und den eigensüchtigen Absichten der Sachwalter zuviel Spielraum gelassen; so werden die Prozesse verwickelt, langwierig, kostspielig und die

Entscheidungen dennoch schief und der Sache wie der Meinung der Parteien oft unangemessen. Ja diese Nachteile tragen sogar zur größeren Häufigkeit rechtlicher Streitigkeiten und zur Nahrung der Prozeßsucht bei. Entfernt man sich hingegen von dem ersteren Grundsatz, so wird das Verfahren inquisitorisch, der Richter erhält eine zu große Gewalt und mischt sich in die geringsten Privatangelegenheiten der Bürger. Von beiden Extremen finden sich Beispiele in der Wirklichkeit, und die Erfahrung bestätigt, daß, wenn das zuletzt geschilderte die Freiheit zu eng und widerrechtlich beschränkt, das zuerst aufgestellte der Sicherheit des Eigentums nachteilig ist.

Der Richter braucht zur Untersuchung und Erforschung der Wahrheit Kennzeichen derselben, Beweismittel. Daher gibt die Betrachtung, daß das Recht nicht anders wirksame Gültigkeit erhält, als wenn es, im Fall es bestritten würde, eines Beweises vor dem Richter fähig ist, einen neuen Gesichtspunkt für die Gesetzgebung an die Hand. Es entsteht nämlich hieraus die Notwendigkeit neuer einschränkender Gesetze, nämlich solcher, welche den verhandelten Geschäften solche Kennzeichen beizugeben gebieten, an welchen künftig ihre Wirklichkeit oder Gültigkeit zu erkennen sei. Die Notwendigkeit von Gesetzen dieser Art fällt allemal in eben dem Grade, in welchem die Vollkommenheit der Gerichtsverfassung steigt; ist aber am größesten da, wo diese am mangelhaftesten ist und daher der meisten äußeren Zeichen zum Beweise bedarf. Daher findet man die meisten Formalitäten bei den unkultiviertesten Völkern. Stufenweise erforderte die Vindikation eines Ackers bei den Römern erst die Gegenwart der Parteien auf dem Acker selbst, dann das Bringen einer Erdscholle desselben ins Gericht, in der Folge feierliche Worte und endlich auch diese nicht mehr. Überall, vorzüglich aber bei minder kultivierten Nationen hat folglich die Gerichtsverfassung einen sehr wichtigen Einfluß auf die Gesetzgebung gehabt, der sich sehr oft bei weitem nicht auf bloße Formalitäten beschränkt. Ich erinnere hier statt eines Beispiels an die römische Lehre von Pakten und Kontrakten, die, wie wenig sie auch bisher noch aufgeklärt ist, schwerlich aus einem andren Gesichtspunkt angesehen werden darf. Diesen Einfluß in verschiedenen Gesetzgebungen verschiedener Zeitalter und Nationen zu erforschen dürfte nicht bloß aus vielen andren Gründen, aber auch vorzüglich in der Hinsicht nützlich sein, um daraus zu beurteilen, welche solcher Gesetze wohl allgemein notwendig, welche nur in Lokalverhältnissen gegründet sein möchten. Denn alle Einschränkungen dieser Art aufzuheben dürfte – auch die Möglichkeit angenommen – schwerlich ratsam sein. Denn einmal wird die Möglichkeit von Betrügereien, z. B. von Unterschiebung falscher Dokumente usf., zu wenig erschwert; dann werden die Prozesse vervielfältigt oder, da dies vielleicht an sich noch kein Übel scheint, die Gelegenheiten, durch erregte unnütze Streitigkeiten die Ruhe andrer zu stören, zu mannigfaltig. Nun aber ist gerade die Streitsucht, welche sich durch Prozesse äußert, diejenige, welche – den Schaden noch abgerechnet, den sie dem Vermögen, der Zeit und der Gemütsruhe der Bürger zufügt – auch auf den Charakter den nachteiligsten Einfluß hat und gerade durch gar keine nützliche Folgen für diese Nachteile entschädigt. Der Schade der Förmlichkeiten hingegen ist die Erschwerung der Geschäfte und die Einschränkung der Freiheit, die in jedem Verhältnis bedenklich ist. Das Gesetz muß daher auch hier einen Mittelweg einschlagen, Förmlichkeiten nie aus einem andern Gesichtspunkt anordnen, als um die Gültigkeit der Geschäfte zu sichern und Betrügereien zu verhindern oder den Beweis zu erleichtern; selbst in dieser Absicht dieselben nur da fordern, wo sie den individuellen Umständen nach notwendig sind, wo ohne sie jene Betrügereien zu leicht zu besorgen und dieser Beweis zu schwer zu führen sein würde; zu denselben nur solche Regeln vorschreiben, deren Befolgung mit nicht großen Schwierigkeiten verbunden ist; und dieselben von allen denjenigen Fällen gänzlich entfernen, in welchen die Besorgung der Geschäfte durch sie nicht bloß schwieriger, sondern so gut als unmöglich werden würde.

Gehörige Rücksicht auf Sicherheit und Freiheit zugleich scheint daher auf folgende Grundsätze zu führen:

*1. Eine der vorzüglichsten Pflichten des Staats ist die Untersuchung und Entscheidung der rechtlichen Streitigkeiten der Bürger. Derselbe tritt dabei an die Stelle der Parteien, und der eigentliche Zweck seiner Dazwischenkunft besteht allein darin, auf der einen Seite gegen ungerechte Forderungen zu beschützen, auf der andren gerechten denjenigen Nachdruck zu geben, welchen sie von den Bürgern selbst nur auf eine die öffentliche Ruhe störende Weise erhalten könnten. Er muß daher während der Untersuchung des streitigen Rechts dem Willen der Parteien, insofern derselbe nur in dem Rechte gegründet ist, folgen, aber jede, sich widerrechtlicher Mittel gegen die andre zu bedienen, verhindern.*

*2. Die Entscheidung des streitigen Rechts durch den Richter kann nur durch bestimmte, gesetzlich angeordnete Kennzeichen der Wahrheit geschehen. Hieraus entspringt die Notwendigkeit einer neuen Gattung der Gesetze, derjenigen nämlich, welche den rechtlichen Geschäften gewisse bestimmte Charaktere beizulegen verordnen. Bei der Ablassung dieser nun muß der Gesetzgeber einmal immer allein von dem Gesichtspunkt geleitet werden, die Authentizität der rechtlichen Geschäfte gehörig zu sichern und den Beweis im Prozesse nicht zu sehr zu erschweren; ferner aber unaufhörlich die Vermeidung des entgegengesetzten Extrems, der zu großen Erschwerung der Geschäfte, vor Augen haben und endlich nie da eine Anordnung treffen wollen, wo dieselbe den Lauf der Geschäfte so gut als gänzlich hemmen würde.*

## XIII

Das letzte und vielleicht wichtigste Mittel, für die Sicherheit der Bürger Sorge zu tragen, ist die Bestrafung der Übertretung der Gesetze des Staats. Ich muß daher noch auf diesen Gegenstand die im vorigen entwickelten Grundsätze anwenden. Die erste Frage nun, welche hiebei entsteht, ist die: welche Handlungen der Staat mit Strafen belegen, gleichsam als Verbrechen aufstellen kann. Die Antwort ist nach dem Vorigen leicht. Denn da der Staat keinen andren Endzweck als die Sicherheit der Bürger verfolgen darf, so darf er auch keine andre Handlungen einschränken, als welche diesem Endzweck entgegenlaufen. Diese aber verdienen auch insgesamt angemessene Bestrafung. Denn nicht bloß, daß ihr Schade, da sie gerade das stören, was dem Menschen zum Genuß wie zur Ausbildung seiner Kräfte das unentbehrlichste ist, zu wichtig ist, um ihnen nicht durch jedes zweckmäßige und erlaubte Mittel entgegenzuarbeiten, so muß auch schon den ersten Rechtsgrundsätzen nach jeder sich gefallen lassen, daß die Strafe ebenso weit gleichsam in den Kreis seines Rechts eingreife, als sein Verbrechen in den des fremden eingedrungen ist. Hingegen Handlungen, welche sich allein auf den Handlenden beziehen oder mit Einwilligung dessen geschehen, den sie treffen, zu bestrafen, verbieten eben die Grundsätze, welche dieselben nicht einmal einzuschränken erlauben; und es dürfte daher nicht nur keins der sogenannten fleischlichen Verbrechen (die Notzucht ausgenommen), sie möchten Ärgernis geben oder nicht, unternommener Selbstmord usf. bestraft werden, sondern sogar die Ermordung eines andren mit Bewilligung desselben müßte ungestraft bleiben, wenn nicht in diesem letzteren Falle die zu leichte Möglichkeit eines gefährlichen Mißbrauchs ein Strafgesetz notwendig machte. Außer denjenigen Gesetzen, welche unmittelbare Kränkungen der Rechte andrer untersagen, gibt es noch andre verschiedener Gattung, deren teils schon im vorigen gedacht ist, teils noch erwähnt werden wird. Da jedoch bei dem dem Staat allgemein vorgeschriebenen Endzweck auch diese nur mittelbar zur Erreichung jener Absicht hinstreben, so kann auch bei diesen Bestrafung des Staats eintreten, insofern nicht schon ihre Übertretung allein unmittelbar eine solche mit sich führt, wie z. B. die Übertretung des Verbots der Fideikommisse die Ungültigkeit der gemachten Verfügung. Es ist dies auch um so notwendiger, als es sonst hier gänzlich an einem Zwangsmittel fehlen würde, dem Gesetze Gehorsam zu verschaffen.

Von dem Gegenstande der Bestrafung wende ich mich zu der Strafe selbst. Das Maß dieser auch nur in sehr weiten Grenzen vorzuschreiben, nur zu bestimmen, über welchen Grad hinaus dieselbe nie steigen dürfe, halte ich in einem allgemeinen, schlechterdings auf gar keine Lokalverhältnisse bezogenen Räsonnement für unmöglich. Die Strafen müssen Übel sein, welche die Verbrecher zurückschrecken. Nun aber sind die Grade, wie die Verschiedenheiten des physischen und moralischen Gefühls, nach der Verschiedenheit der Erdstriche und Zeitalter unendlich verschieden und wechselnd. Was daher in einem gegebenen Falle mit Recht Grausamkeit heißt, das kann in einem andren die Notwendigkeit selbst erheischen. Nur so viel ist gewiß, daß die Vollkommenheit der Strafen immer – versteht sich jedoch bei gleicher Wirksamkeit – mit dem Grade ihrer Gelindigkeit wächst. Denn nicht bloß, daß gelinde Strafen schon an sich geringere Übel sind, so leiten sie auch den Menschen auf die seiner am meisten würdige Weise von Verbrechen ab. Denn je minder sie physisch schmerzhaft und schrecklich sind, desto mehr sind sie es moralisch; da hingegen großes körperliches Leiden bei dem Leidenden selbst das Gefühl der Schande, bei dem Zuschauer das der Mißbilligung vermindert. Daher kommt es denn auch, daß gelinde Strafen in der Tat viel öfter angewendet werden können, als der erste Anblick zu erlauben scheint; indem sie auf der andren Seite ein ersetzendes moralisches Gegengewicht erhalten. Überhaupt hängt die Wirksamkeit der Strafen ganz und gar von dem Eindruck ab, welchen dieselben auf das Gemüt der Verbrecher machen, und beinah ließe sich behaupten, daß in einer Reihe gehörig abgestufter Stufen es einerlei sei, bei welcher Stufe man gleichsam als bei der höchsten stehenbleibe, da die Wirkung einer Strafe in der Tat nicht sowohl von ihrer Natur an sich als von dem Platze abhängt, den sie in der Stufenleiter der Strafen überhaupt einnimmt, und man leicht das für die höchste Strafe erkennt, was der Staat dafür erklärt. Ich sage beinah, denn völlig würde die Behauptung nur freilich dann richtig sein, wenn die Strafen des Staats die einzigen Übel wären, welche dem Bürger drohten. Da dies hingegen der Fall nicht ist, vielmehr oft sehr reelle Übel ihn gerade zu Verbrechen veranlassen, so muß freilich das Maß der höchsten Strafe und so der Strafen überhaupt, welche diesen Übeln entgegenwirken sollen, auch mit Rücksicht auf sie bestimmt werden. Nun aber wird der Bürger da, wo er einer so großen Freiheit genießt, als diese Blätter ihm zu sichren bemüht sind, auch in einem größeren Wohlstande leben; seine Seele wird heitrer, seine Phantasie lieblicher sein, und die Strafe wird, ohne an Wirksamkeit zu verlieren, an Strenge nachlassen können. So wahr ist es, daß alles Gute und Beglückende in wundervoller Harmonie steht und daß es nur notwendig ist, *eins* herbeizuführen, um sich des Segens alles übrigen zu erfreuen. Was sich daher in dieser Materie allgemein bestimmen läßt, ist, dünkt mich, allein, daß die höchste Strafe die den Lokalverhältnissen nach möglichst gelinde sein muß.

Nur *eine* Gattung der Strafen müßte, glaube ich, gänzlich ausgeschlossen werden, die Ehrlosigkeit, Infamie. Denn die Ehre eines Menschen, die gute Meinung seiner Mitbürger von ihm, ist keinesweges etwas, das der Staat in seiner Gewalt hat. Auf jeden Fall reduziert sich daher diese Strafe allein darauf, daß der Staat dem Verbrecher die Merkmale *seiner* Achtung und *seines* Vertrauens entziehn und andren gestatten kann, dies gleichfalls ungestraft zu tun. Sowenig ihm nun auch die Befugnis abgesprochen werden darf, sich dieses Rechts, wo er es für notwendig hält, zu bedienen, und sosehr sogar seine Pflicht es erfordern kann, so halte ich dennoch eine allgemeine Erklärung, daß er es tun wolle, keinesweges für ratsam. Denn einmal setzt dieselbe eine gewisse Konsequenz im Unrechthandlen bei dem Bestraften voraus, die sie doch in der Tat in der Erfahrung wenigstens nur selten findet; dann ist sie auch, selbst bei der gelindesten Art der Abfassung, selbst wenn sie bloß als eine Erklärung des gerechten Mißtrauens des Staats ausgedrückt wird, immer zu unbestimmt, um nicht an sich manchem Mißbrauch Raum zu geben und um nicht wenigstens oft, schon der Konsequenz der Grundsätze wegen, mehr Fälle unter sich zu begreifen, als der Sache selbst wegen nötig wäre. Denn die Gattungen des Vertrauens, welches man zu einem Menschen fassen kann, sind der Verschiedenheit der Fälle nach so unendlich mannigfaltig, daß ich kaum unter allen Verbrechen ein einziges weiß, welches den Verbrecher zu allen auf *einmal* unfähig machte. Dazu führt indes doch immer ein allgemeiner Ausdruck, und der Mensch, bei dem man sich sonst nur bei dahin passenden Gelegenheiten erinnern würde, daß er dieses oder jenes Gesetz übertreten habe, trägt nun überall ein Zeichen der Unwürdigkeit mit sich herum. Wie hart aber diese Strafe sei, sagt das gewiß keinem Menschen fremde Gefühl, daß ohne das Vertrauen seiner Mitmenschen das Leben selbst wünschenswert zu sein aufhört. Mehrere Schwierigkeiten zeigen sich nun noch bei der näheren Anwendung dieser Strafe. Mißtrauen gegen die Rechtschaffenheit muß eigentlich überall da die Folge sein, wo sich Mangel derselben gezeigt hat. Auf wie viele Fälle aber alsdann diese Strafe ausgedehnt werde, sieht man von selbst. Nicht minder groß ist die Schwierigkeit bei der Frage, wie lange die Strafe dauern solle. Unstreitig wird jeder Billigdenkende sie nur auf eine gewisse Zeit hin erstrecken wollen. Aber wird der Richter bewirken können, daß der so lange mit dem Mißtrauen seiner Mitbürger Beladene nach Verlauf eines bestimmten Tages auf einmal ihr Vertrauen wiedergewinne? Endlich ist es den in diesem ganzen Aufsatz vorgetragenen Grundsätzen nicht gemäß, daß der Staat der Meinung der Bürger auch nur auf irgendeine Art eine gewisse Richtung geben wolle. Meines Erachtens wäre es daher ratsamer, daß der Staat sich allein in den Grenzen der Pflicht hielte, welche ihm allerdings obliegt, die Bürger gegen verdächtige Personen zu sichern, und daß er daher überall, wo dies notwendig sein kann, z. B. bei Besetzung von Stellen, Gültigkeit der Zeugen, Fähigkeit der Vormünder usf. durch ausdrückliche Gesetze verordnete, daß, wer dies oder jenes Verbrechen begangen, diese oder jene Strafe erlitten hätte, davon ausgeschlossen sein solle; übrigens aber sich aller weiteren, allgemeinen Erklärung des Mißtrauens oder gar des Verlustes der Ehre gänzlich enthielte. Alsdann wäre es auch sehr leicht, eine Zeit zu bestimmen, nach Verlauf welcher ein solcher Einwand nicht mehr gültig sein solle. Daß es übrigens dem Staat immer erlaubt bleibe, durch beschimpfende Strafen auf das Ehrgefühl zu wirken, bedarf von selbst keiner Erinnerung. Ebensowenig brauche ich noch zu wiederholen, daß schlechterdings keine Strafe geduldet werden muß, die sich über die Person des Verbrechers hinaus auf seine Kinder oder Verwandte erstreckt. Gerechtigkeit und Billigkeit sprechen mit gleich starker Stimme gegen sie; und selbst die Vorsichtigkeit, mit welcher sich bei Gelegenheit einer solchen Strafe das übrigens gewiß in jeder Rücksicht vortreffliche Preußische Gesetzbuch ausdrückt, vermag nicht, die in der Sache selbst allemal liegende Härte zu mindern.

Wenn das absolute Maß der Strafen keine allgemeine Bestimmung erlaubt, so ist dieselbe hingegen um so notwendiger bei dem relativen. Es muß nämlich festgesetzt werden, was es eigentlich ist, wonach sich der Grad der auf verschiedne Verbrechen gesetzten Strafen bestimmen muß. Den im vorigen entwickelten Grundsätzen nach kann dies, dünkt mich, nichts anders sein als der Grad der Nichtachtung des fremden Rechts in dem Verbrechen, ein Grad, welcher, da hier nicht von der Anwendung eines Strafgesetzes auf einen einzelnen Verbrecher, sondern von allgemeiner Bestimmung der Strafe überhaupt die Rede ist, nach der Natur des Rechts beurteilt werden muß, welches das Verbrechen kränkt. Zwar scheint die natürlichste Bestimmung der Grad der Leichtigkeit oder Schwierigkeit zu sein, das Verbrechen zu verhindern, so daß die Größe der Strafe sich nach der Quantität der Gründe richten müßte, welche zu dem Verbrechen trieben oder davon zurückhielten. Allein wird dieser Grundsatz richtig verstanden, so ist er mit dem eben aufgestellten einerlei. Denn in einem wohlgeordneten Staate, wo nicht in der Verfassung selbst liegende Umstände zu Verbrechen veranlassen, kann es keinen andren eigentlichen Grund zu Verbrechen geben als eben jene Nichtachtung des fremden Rechts, welcher sich nur die zu Verbrechen reizenden Antriebe, Neigungen, Leidenschaften usf. bedienen. Versteht man aber jenen Satz anders, meint man, es müßten den Verbrechen immer in dem Grade große Strafen entgegengesetzt werden, in welchem gerade Lokal- oder Zeitverhältnisse sie häufiger machen oder gar ihrer Natur nach (wie es bei so manchen Polizeiverbrechen der Fall ist) moralische Gründe sich ihnen weniger eindringend widersetzen, so ist dieser Maßstab ungerecht und schädlich zugleich. Er ist ungerecht. Denn so richtig es wenigstens insofern ist, Verhinderung der Beleidigungen für die Zukunft als den Zweck aller Strafen anzunehmen, als keine Strafe je aus einem andren Zwecke verfügt werden darf, so entspringt doch die Verbindlichkeit des Beleidigten, die Strafe zu dulden, eigentlich daraus, daß jeder sich gefallen lassen muß, seine Rechte von dem andren insoweit verletzt zu sehen, als er selbst die Rechte desselben gekränkt hat. Darauf beruht nicht bloß diese Verbindlichkeit außer der Staatsverbindung, sondern auch in derselben. Denn die Herleitung derselben aus einem gegenseitigem Vertrag ist nicht nur unnütz, sondern hat auch die Schwierigkeit, daß z. B. die manchmal und unter gewissen Lokalumständen offenbar notwendige Todesstrafe bei derselben schwerlich gerechtfertigt werden kann und daß jeder Verbrecher sich von der Strafe befreien könnte, wenn er, bevor er sie litte, sich von dem gesellschaftlichen Vertrage lossagte, wie z. B. in den alten Freistaaten die freiwillige Verbannung war, die jedoch, wenn mich mein Gedächtnis nicht trügt, nur bei Staats-, nicht bei Privatverbrechen geduldet ward. Dem Beleidiger selbst ist daher gar keine Rücksicht auf die Wirksamkeit der Strafe erlaubt, und wäre es auch noch so gewiß, daß der Beleidigte keine zweite Beleidigung von ihm zu fürchten hätte, so müßte er dessenungeachtet die Rechtmäßigkeit der Strafe anerkennen. Allein auf der andren Seite folgt auch aus eben diesem Grundsatz, daß er sich auch jeder die Quantität seines Verbrechens überschreitenden Strafe rechtmäßig widersetzen kann, wie gewiß es auch sein möchte, daß nur diese Strafe und schlechterdings keine gelindere völlig wirksam sein würde. Zwischen dem inneren Gefühle des Rechts und dem Genuß des äußeren Glücks ist, wenigstens in der Idee des Menschen, ein unleugbarer Zusammenhang, und es vermag nicht bestritten zu werden, daß er sich durch das erstere zu dem letzteren berechtigt glaubt. Ob diese seine Erwartung in Absicht des Glücks gegründet ist, welches ihm das Schicksal gewährt oder versagt – eine allerdings zweifelhaftere Frage –, darf hier nicht erörtert werden. Allein in Absicht desjenigen, welches andre ihm willkürlich geben oder entziehen können, muß seine Befugnis zu derselben notwendig anerkannt werden; da hingegen jener Grundsatz sie, wenigstens der Tat nach, abzuleugnen scheint. Es ist aber auch ferner jener Maßstab sogar für die Sicherheit selbst nachteilig. Denn wenn er gleich diesem oder jenem einzelnen Gesetze vielleicht Gehorsam erzwingen kann, so verwirrt er gerade das, was die festeste Stütze der Sicherheit der Bürger in einem Staate ist, das Gefühl der Moralität, indem er einen Streit zwischen der Behandlung, welche der Verbrecher erfährt, und der eignen Empfindung seiner Schuld veranlaßt. Dem fremden Rechte Achtung zu verschaffen ist das einzige sichre und unfehlbare Mittel, Verbrechen zu verhüten; und diese Absicht erreicht man nie, sobald nicht jeder, welcher fremdes Recht angreift, gerade in eben dem Maße in der Ausübung des seinigen gehemmt wird, die Ungleichheit möge nun im Mehr oder im Weniger bestehen. Denn nur eine solche Gleichheit bewahrt die Harmonie zwischen der inneren moralischen Ausbildung des Menschen und dem Gedeihen der Veranstaltungen des Staats, ohne welche auch die künstlichste Gesetzgebung allemal ihres Endzwecks verfehlen wird. Wie sehr aber nun die Erreichung aller übrigen Endzwecke des Menschen bei Befolgung des oben erwähnten Maßstabes leiden würde, wie sehr dieselbe gegen alle in diesem Aufsatze vorgetragene Grundsätze streitet, bedarf nicht mehr einer weiteren Ausführung. Die Gleichheit zwischen Verbrechen und Strafe, welche die eben entwickelten Ideen fordern, kann wiederum nicht absolut bestimmt, es kann nicht allgemein gesagt werden, dieses oder jenes Verbrechen verdient nur eine solche oder solche Strafe. Nur bei einer Reihe dem Grade nach verschiedener Verbrechen kann die Beobachtung dieser Gleichheit vorgeschrieben werden, indem nun die für diese Verbrechen bestimmten Strafen in gleichen Graden abgestuft werden müssen. Wenn daher nach dem Vorigen die Bestimmung des absoluten Maßes der Strafen, z. B. der höchsten Strafe, sich nach derjenigen Quantität des zugefügten Übels richten muß, welche erfordert wird, um das Verbrechen für die Zukunft zu verhüten, so muß das relative Maß der übrigen, wenn jene oder überhaupt *eine* einmal festgesetzt ist, nach dem Grade bestimmt werden, um welchen die Verbrechen, für die sie bestimmt sind, größer oder kleiner als dasjenige sind, welches jene zuerst verhängte Strafe verhüten soll. Die härteren Strafen müßten daher diejenigen Verbrechen treffen, welche wirklich in den Kreis des fremden Rechts eingreifen; gelindere die Übertretung derjenigen Gesetze, welche jenes nur zu verhindern bestimmt sind, wie wichtig und notwendig diese Gesetze auch an sich sein möchten. Dadurch wird dann zugleich die Idee bei den Bürgern vermieden, daß sie vom Staat eine willkürliche, nicht gehörig motivierte Behandlung erführen – ein Vorurteil, welches sehr leicht entsteht, wenn harte Strafen auf Handlungen gesetzt sind, die entweder wirklich nur einen entfernten Einfluß auf die Sicherheit haben oder deren Zusammenhang damit doch weniger leicht einzusehen ist.

Unter jenen erstgenannten Verbrechen aber müßten diejenigen am härtesten bestraft werden, welche unmittelbar und geradezu die Rechte des Staats selbst angreifen, da, wer die Rechte des Staats nicht achtet, auch die seiner Mitbürger nicht zu ehren vermag, deren Sicherheit allein von jenen abhängig ist.

Wenn auf diese Weise Verbrechen und Strafe allgemein von dem Gesetze bestimmt sind, so muß nun dies gegebene Strafgesetz auf einzelne Verbrechen angewendet werden. Bei dieser Anwendung sagen schon die Grundsätze des Rechts von selbst, daß die Strafe nur nach dem Grade des Vorsatzes oder der Schuld den Verbrecher treffen kann, mit welchem er die Handlung beging. Wenn aber der oben aufgestellte Grundsatz, daß nämlich immer die Nichtachtung des fremden Rechts und nur diese bestraft werden darf, völlig genau befolgt werden soll, so darf derselbe auch bei der Bestrafung einzelner Verbrechen nicht vernachlässigt werden. Bei jedem verübten Verbrechen muß daher der Richter bemüht sein, soviel möglich, die Absicht des Verbrechers genau zu erforschen, und durch das Gesetz in den Stand gesetzt werden, die allgemeine Strafe noch nach dem individuellen Grade, in welchem er das Recht, welches er beleidigte, außer Augen setzte, zu modifizieren.

Das Verfahren gegen den Verbrecher während der Untersuchung findet gleichfalls sowohl in den allgemeinen Grundsätzen des Rechts als in dem Vorigen seine bestimmten Vorschriften. Der Richter muß nämlich alle rechtmäßige Mittel anwenden, die Wahrheit zu erforschen, darf sich hingegen keines erlauben, das außerhalb der Schranken des Rechts liegt. Er muß daher vor allen Dingen den bloß verdächtigen Bürger von dem überführten Verbrecher sorgfältig unterscheiden und nie den ersteren wie den letzteren behandeln; überhaupt aber nie auch den überwiesenen Verbrecher in dem Genuß seiner Menschen- und Bürgerrechte kränken, da er die ersteren erst mit dem Leben, die letzteren erst durch eine gesetzmäßige richterliche Ausschließung aus der Staatsverbindung verlieren kann. Die Anwendung von Mitteln, welche einen eigentlichen Betrug enthalten, dürfte daher ebenso unerlaubt sein als die Folter. Denn wenn man dieselbe gleich vielleicht dadurch entschuldigen kann, daß der

Verdächtige oder wenigstens der Verbrecher selbst durch seine eignen Handlungen dazu berechtiget, so sind sie dennoch der Würde des Staats, welchen der Richter vorstellt, allemal unangemessen; und wie heilsame Folgen ein offnes und gerades Betragen auch gegen Verbrecher auf den Charakter der Nation haben würde, ist nicht nur an sich, sondern auch aus der Erfahrung derjenigen Staaten klar, welche sich, wie z. B. England, hierin einer edlen Gesetzgebung erfreuen.

Zuletzt muß ich, bei Gelegenheit des Kriminalrechts, noch eine Frage zu prüfen versuchen, welche vorzüglich durch die Bemühungen der neueren Gesetzgebung wichtig geworden ist, die Frage nämlich, inwiefern der Staat befugt oder verpflichtet ist, Verbrechen, noch ehe dieselben begangen werden, zuvorzukommen. Schwerlich wird irgendein anderes Unternehmen von gleich menschenfreundlichen Absichten geleitet, und die Achtung, womit dasselbe jeden empfindenden Menschen notwendig erfüllt, droht daher der Unparteilichkeit der Untersuchung Gefahr. Dennoch halte ich, ich leugne es nicht, eine solche Untersuchung für überaus notwendig, da, wenn man die unendliche Mannigfaltigkeit der Seelenstimmungen erwägt, aus welchen der Vorsatz zu Verbrechen entstehen kann, diesen Vorsatz zu verhindern, unmöglich, und nicht allein dies, sondern selbst nur der Ausübung zuvorzukommen, für die Freiheit bedenklich scheint. Da ich im vorigen (s. S. 120 bis 131) das Recht des Staats, die Handlungen der einzelnen Menschen einzuschränken, zu bestimmen versucht habe, so könnte es scheinen, als hätte ich dadurch schon zugleich die gegenwärtige Frage beantwortet. Allein wenn ich dort festsetzte, daß der Staat diejenigen Handlungen einschränken müsse, deren Folgen den Rechten andrer leicht gefährlich werden können, so verstand ich darunter – wie auch die Gründe leicht zeigen, womit ich diese Behauptung zu unterstützen bemüht war – solche Folgen, die allein und an sich aus der Handlung fließen und nur etwa durch größere Vorsicht des Handlenden hätten vermieden werden können. Wenn hingegen von Verhütung von Verbrechen die Rede ist, so spricht man natürlich nur von Beschränkung solcher Handlungen, aus welchen leicht eine zweite, nämlich die Begehung des Verbrechens, entspringt. Der wichtige

Unterschied liegt daher hier schon darin, daß die Seele des Handlenden hier tätig durch einen neuen Entschluß mitwirken muß; da sie hingegen dort entweder gar keinen oder doch nur, durch Verabsäumung der Tätigkeit, einen negativen Einfluß haben konnte. Dies allein wird, hoffe ich, hinreichen, die Grenzen deutlich zu zeigen. Alle Verhütung von Verbrechen nun muß von den Ursachen der Verbrechen ausgehen. Diese so mannigfaltigen Ursachen aber ließen sich in einer allgemeinen Formel vielleicht durch das nicht durch Gründe der Vernunft gehörig in Schranken gehaltene Gefühl des Mißverhältnisses ausdrücken, welches zwischen den Neigungen des Handlenden und der Quantität der rechtmäßigen Mittel obwaltet, die in seiner Gewalt stehn. Bei diesem Mißverhältnis lassen sich wenigstens im allgemeinen, obgleich die Bestimmung im einzelnen viel Schwierigkeit finden würde, zwei Fälle voneinander absondern, einmal wenn dasselbe aus einem wahren Übermaße der Neigungen, dann wenn es aus dem auch für ein gewöhnliches Maß zu geringen Vorrat von Mitteln entspringt. Beide Fälle muß noch außerdem Mangel an Stärke der Gründe der Vernunft und des moralischen Gefühls gleichsam als dasjenige begleiten, welches jenes Mißverhältnis nicht verhindert, in gesetzwidrige Handlungen auszubrechen. Jedes Bemühen des Staats, Verbrechen durch Unterdrückung ihrer Ursachen in dem Verbrecher verhüten zu wollen, wird daher, nach der Verschiedenheit der beiden erwähnten Fälle, entweder dahin gerichtet sein müssen, solche Lagen der Bürger, welche leicht zu Verbrechen nötigen können, zu verändern und zu verbessern, oder solche Neigungen, welche zu Übertretungen der Gesetze zu führen pflegen, zu beschränken, oder endlich den Gründen der Vernunft und dem moralischen Gefühl eine wirksamere Stärke zu verschaffen. Einen andren Weg, Verbrechen zu verhüten, gibt es endlich noch außerdem durch gesetzliche Verminderung der Gelegenheiten, welche die wirkliche Ausübung derselben erleichtern oder gar den Ausbruch gesetzwidriger Neigungen begünstigen. Keine dieser verschiedenen Arten darf von der gegenwärtigen Prüfung ausgeschlossen werden.

Die erste derselben, welche allein auf Verbesserung zu Verbrechen nötigender Lagen gerichtet ist, scheint unter allen die wenigsten Nachteile mit sich zu führen. Es ist an sich so wohltätig, den Reichtum der Mittel der Kraft wie des Genusses zu erhöhen; die freie Wirksamkeit des Menschen wird dadurch nicht unmittelbar beschränkt; und wenn freilich unleugbar auch hier alle Folgen anerkannt werden müssen, die ich im Anfange dieses Aufsatzes als Wirkungen der Sorgfalt des Staats für das physische Wohl der Bürger darstellte, so treten sie doch hier, da eine solche Sorgfalt hier nur auf so wenige Personen ausgedehnt wird, nur in sehr geringem Grade ein. Allein immer finden dieselben doch wirklich statt; gerade der Kampf der inneren Moralität mit der äußeren Lage wird aufgehoben und mit ihm seine heilsame Wirkung auf die Festigkeit des Charakters des Handlenden und auf das gegenseitig sich unterstützende Wohlwollen der Bürger überhaupt; und eben daß diese Sorgfalt nur einzelne Personen treffen muß, macht ein Bekümmern des Staats um die individuelle Lage der Bürger notwendig – lauter Nachteile, welche nur die Überzeugung vergessen machen könnte, daß die Sicherheit des Staats ohne eine solche Einrichtung leiden würde. Aber gerade diese Notwendigkeit kann, dünkt mich, mit Recht bezweifelt werden. In einem Staate, dessen Verfassung den Bürger nicht selbst in dringende Lagen versetzt, welcher demselben vielmehr eine solche Freiheit sichert, als diese Blätter zu empfehlen versuchen, ist es kaum möglich, daß Lagen der beschriebenen Art überhaupt entstehen und nicht in der freiwilligen Hilfsleistung der Bürger selbst, ohne Hinzukommen des Staats, Heilmittel finden sollten; der Grund müßte dann in dem Betragen des Menschen selbst liegen. In diesem Falle aber ist es nicht gut, daß der Staat ins Mittel trete und die Reihe der Begebenheiten störe, welche der natürliche Lauf der Dinge aus den Handlungen desselben entspringen läßt. Immer werden auch wenigstens diese Lagen nur so selten eintreffen, daß es überhaupt einer eignen Dazwischenkunft des Staats nicht bedürfen wird und daß nicht die Vorteile derselben von den Nachteilen überwogen werden sollten, die es, nach allem im vorigen Gesagten, nicht mehr notwendig ist, einzeln auseinanderzusetzen.

Gerade entgegengesetzt verhalten sich die Gründe, welche für und wider die zweite Art des Bemühens, Verbrechen zu verhindern, streiten, wider diejenige nämlich, welche auf die Neigungen und Leidenschaften der Menschen selbst zu wirken strebt. Denn auf der einen Seite scheint die Notwendigkeit größer, da bei minder gebundner Freiheit der Genuß üppiger ausschweift und die Begierden sich ein weiteres Ziel stecken, wogegen die freilich mit der größeren eignen Freiheit immer wachsende Achtung auch des fremden Rechts dennoch vielleicht nicht hinlänglich wirkt. Auf der andren aber vermehrt sich auch der Nachteil in eben dem Grade, in welchem die moralische Natur jede Fessel schwerer empfindet als die physische. Die Gründe, aus welchen ein auf die Verbesserung der Sitten der Bürger gerichtetes Bemühen des Staats weder notwendig noch ratsam ist, habe ich im vorigen zu entwickeln versucht. Eben diese nun treten in ihrem ganzen Umfange und nur mit dem Unterschiede auch hier ein, daß der Staat hier nicht die Sitten überhaupt umformen, sondern nur auf das der Befolgung der Gesetze Gefahr drohende Betragen einzelner wirken will. Allein gerade durch diesen Unterschied wächst die Summe der Nachteile. Denn dieses Bemühen muß schon eben darum, weil es nicht allgemein wirkt, seinen Endzweck minder erreichen, so daß daher nicht einmal das einseitige Gute, das es abzweckt, für den Schaden entschädigt, den es anrichtet; und dann setzt es nicht bloß ein Bekümmern des Staats um die Privathandlungen einzelner Individuen, sondern auch eine Macht voraus, darauf zu wirken, welche durch die Personen noch bedenklicher wird, denen dieselbe anvertraut werden muß. Es muß nämlich alsdann entweder eigen dazu bestellten Leuten oder den schon vorhandenen Dienern des Staats eine Aufsicht über das Betragen und die daraus entspringende Lage entweder aller Bürger oder der ihnen untergebenen übertragen werden. Dadurch aber wird eine neue und drückendere Herrschaft eingeführt als beinah irgendeine andere sein könnte; indiskreter Neugier, einseitiger Intoleranz, selbst der Heuchelei und Verstellung Raum gegeben. Man beschuldige mich hier nicht, nur Mißbräuche geschildert zu haben. Die Mißbräuche sind hier mit der Sache unzertrennlich verbunden; und ich wage es zu behaupten, daß selbst wenn die Gesetze die besten und menschenfreundlichsten wären, wenn sie den Aufsehern bloß Erkundigungen auf gesetzmäßigen Wegen und den Gebrauch von allem Zwang entfernter Ratschläge und Ermahnungen erlaubten und diesen Gesetzen die strengste Folge geleistet würde, dennoch eine solche Einrichtung unnütz und schädlich zugleich wäre. Jeder Bürger muß ungestört handlen können, wie er will, solange er nicht das Gesetz überschreitet; jeder muß die Befugnis haben, gegen jeden andren und selbst gegen alle Wahrscheinlichkeit, wie ein Dritter dieselbe beurteilen kann, zu behaupten: wie sehr ich mich der Gefahr, die Gesetze zu übertreten, auch nähere, so werde ich dennoch nicht unterliegen. Wird er in dieser Freiheit gekränkt, so verletzt man sein Recht und schadet der Ausbildung seiner Fähigkeiten, der Entwickelung seiner Individualität. Denn die Gestalten, deren die Moralität und die Gesetzmäßigkeit fähig ist, sind unendlich verschieden und mannigfaltig; und wenn ein Dritter entscheidet, dieses oder jenes Betragen muß auf gesetzwidrige Handlungen führen, so folgt er seiner Ansicht, welche, wie richtig sie auch in ihm sein möge, immer nur *eine* ist. Selbst aber angenommen, er irre sich nicht, der Erfolg sogar bestätige sein Urteil und der andre, dem Zwange gehorchend oder dem Rat ohne innere Überzeugung folgend, übertrete das Gesetz diesmal nicht, das er sonst übertreten haben würde, so ist es doch für den Übertreter selbst besser, er empfinde einmal den Schaden der Strafe und erhalte die reine Lehre der Erfahrung, als daß er zwar diesem einen Nachteil entgehe, aber für seine Ideen keine Berichtigung, für sein moralisches Gefühl keine Übung empfange; doch besser für die Gesellschaft, eine Gesetzübertretung mehr störe die Ruhe, aber die nachfolgende Strafe diene zu Belehrung und Warnung, als daß zwar die Ruhe diesmal nicht leide, aber darum das, worauf alle Ruhe und Sicherheit der Bürger sich gründet, die Achtung des fremden Rechts, weder an sich wirklich größer sei noch auch jetzt vermehrt und befördert werde. Überhaupt aber wird eine solche Einrichtung nicht leicht einmal die erwähnte Wirkung haben. Wie durch alle nicht geradezu auf den innern Quell aller Handlungen gehende Mittel wird nur durch sie eine andre Richtung der den Gesetzen entgegenstrebenden Begierden und gerade doppelt schädliche Verheimlichung entstehen. Ich habe hierbei immer vorausgesetzt, daß die zu dem Geschäft, wovon hier die Rede ist, bestimmten Personen keine Überzeugung hervorbringen, sondern allein durch fremdartige Gründe wirken. Es kann scheinen, als wäre ich zu dieser Voraussetzung nicht berechtigt. Allein daß es heilsam ist, durch wirkendes Beispiel und überzeugenden Rat auf seine Mitbürger und ihre Moralität Einfluß zu haben, ist zu sehr in die Augen leuchtend, als daß es erst ausdrücklich wiederholt werden dürfte. Gegen keinen der Fälle also, wo jene Einrichtung dies hervorbringt, kann das vorige Räsonnement gerichtet sein. Nur, scheint es mir, ist eine gesetzliche Vorschrift hiezu nicht bloß ein undienliches, sondern sogar entgegenarbeitendes Mittel. Einmal sind schon Gesetze nicht der Ort, Tugenden zu empfehlen, sondern nur erzwingbare Pflichten vorzuschreiben, und nicht selten wird nur die Tugend, die jeder Mensch nur *freiwillig* auszuüben sich freut, dadurch verlieren. Darin ist jede Bitte eines Gesetzes und jeder Rat, den ein Vorgesetzter kraft desselben gibt, ein Befehl, dem die Menschen zwar in der Theorie nicht gehorchen müssen, aber in der Wirklichkeit immer gehorchen. Endlich muß man hiezu noch so viele Umstände rechnen, welche die Menschen nötigen, und so viele Neigungen, welche sie bewegen können, einem solchen Rate auch gänzlich gegen ihre Überzeugung zu folgen. Von dieser Art pflegt gewöhnlich der Einfluß zu sein, welchen der Staat auf diejenigen hat, die der Verwaltung seiner Geschäfte vorgesetzt sind und durch den er zugleich auf die übrigen Bürger zu wirken strebt. Da diese Personen durch besondre Verträge mit ihm verbunden sind, so ist es freilich unleugbar, daß er auch mehrere Rechte gegen sie als gegen die übrigen Bürger ausüben kann. Allein wenn er den Grundsätzen der höchsten gesetzmäßigen Freiheit getreu bleibt, so wird er nicht mehr von ihnen zu fordern versuchen als die Erfüllung der Bürgerpflichten im allgemeinen und derjenigen besondren, welche ihr besondres Amt notwendig macht. Denn offenbar übt er einen zu mächtigen positiven Einfluß auf die Bürger überhaupt aus, wenn er von vermöge ihres besondren Verhältnisses etwas zu erhalten sucht, was er den Bürgern geradezu nicht aufzulegen berechtigt ist. Ohne daß er wirkliche positive Schritte tut, kommen ihm hierin schon von selbst nur zu viel die Leidenschaften der Menschen zuvor, und das Bemühen, nur diesen hieraus von selbst entspringenden Nachteil zu verhüten, wird seinen Eifer und seinen Scharfsinn schon hinlänglich beschäftigen.

Eine nähere Veranlassung, Verbrechen durch Unterdrückung der in dem Charakter liegenden Ursachen derselben zu verhüten, hat der Staat bei denjenigen, welche durch wirkliche Übertretungen der Gesetze gerechte Besorgnis für die Zukunft erwecken. Daher haben auch die denkendsten neueren Gesetzgeber versucht, die Strafen zugleich zu Besserungsmitteln zu machen. Gewiß ist es nun, daß nicht bloß von der Strafe der Verbrecher schlechterdings alles entfernt werden muß, was irgend der Moralität derselben nachteilig sein könnte, sondern daß ihnen auch jedes Mittel, das nur übrigens nicht dem Endzweck der Strafe zuwider ist, freistellen muß, ihre Ideen zu berichtigen und ihre Gefühle zu verbessern. Allein auch dem Verbrecher darf die Belehrung nicht aufgedrungen werden; und wenn dieselbe schon eben dadurch Nutzen und Wirksamkeit verliert, so läuft ein solches Aufdringen auch den Rechten des Verbrechers entgegen, der nie zu etwas mehr verbunden sein kann, als die gesetzmäßige Strafe zu leiden.

Ein völlig spezieller Fall ist noch der, wo der Angeschuldigte zwar zuviel Gründe gegen sich hat, um nicht einen starken Verdacht auf sich zu laden, aber nicht genug, um verurteilt zu werden. (Absolutio ab instantia.) Ihm alsdann die völlige Freiheit unbescholtener Bürger zu verstatten macht die Sorgfalt für die Sicherheit bedenklich, und eine fortdauernde Aufsicht auf sein künftiges Betragen ist daher allerdings notwendig. Indes eben die Gründe, welche jedes positive Bemühen des Staats bedenklich machen und überhaupt anraten, an die Stelle seiner Tätigkeit lieber, wo es geschehen kann, die Tätigkeit einzelner Bürger zu setzen, geben auch hier der freiwillig übernommenen Aufsicht der Bürger vor einer Aufsicht des Staats den Vorzug; und es dürfte daher besser sein, verdächtige Personen dieser Art sichere Bürgen stellen zu lassen, als sie einer unmittelbaren Aufsicht des Staats zu übergeben, die nur in Ermanglung der Bürgschaft eintreten müßte. Beispiele solcher Bürgschaften gibt auch, zwar nicht in diesem, aber in ähnlichen Fällen, die englische Gesetzgebung.

Die letzte Art, Verbrechen zu verhüten, ist diejenige, welche, ohne auf ihre Ursachen wirken zu wollen, nur ihre wirkliche Begehung zu verhindern bemüht ist. Diese ist der Freiheit am wenigsten nachteilig, da sie am wenigsten einen positiven Einfluß auf die Bürger hervorbringt. Indes läßt auch sie mehr oder minder weite Schranken zu. Der Staat kann sich nämlich begnügen, die strengste Wachsamkeit auf jedes gesetzwidrige Vorhaben auszuüben, um dasselbe vor seiner Ausführung zu verhindern; oder er kann weiter gehen und solche an sich unschädliche Handlungen untersagen, bei welchen leicht Verbrechen entweder nur ausgeführt oder auch beschlossen zu werden pflegen. Dies letztere greift abermals in die Freiheit der Bürger ein, zeigt ein Mißtrauen des Staats gegen sie, das nicht bloß auf ihren Charakter, sondern auch für den Zweck selbst, der beabsichtet wird, nachteilige Folgen hat, und ist aus eben den Gründen nicht ratsam, welche mir die vorhin erwähnten Arten, Verbrechen zu verhüten, zu mißbilligen schienen. Alles, was der Staat tun darf und mit Erfolg für seinen Endzweck und ohne Nachteil für die Freiheit der Bürger tun kann, beschränkt sich daher auf das erstere, auf die strengste Aufsicht auf jede entweder wirklich schon begangene oder erst beschlossene Übertretung der Gesetze; und da dies nur uneigentlich den Verbrechen zuvorkommen genannt werden kann, so glaube ich behaupten zu dürfen, daß ein solches Zuvorkommen gänzlich außerhalb der Schranken der Wirksamkeit des Staats liegt. Desto emsiger aber muß derselbe darauf bedacht sein, kein begangenes Verbrechen unentdeckt, kein entdecktes unbestraft, ja nur gelinder bestraft zu lassen, als das Gesetz es verlangt. Denn die durch eine ununterbrochene Erfahrung bestätigte Überzeugung der Bürger, daß es ihnen nicht möglich ist, in fremdes Recht einzugreifen, ohne eine gerade verhältnismäßige Schmälerung des eignen zu erdulden, scheint mir zugleich die einzige Schutzmauer der Sicherheit der Bürger und das einzige untrügliche Mittel, unverletzliche Achtung des fremden Rechts zu begründen. Zugleich ist dieses Mittel die einzige Art, auf eine des Menschen würdige Weise auf den Charakter desselben zu wirken, da man den Menschen nicht zu Handlungen unmittelbar zwingen oder leiten, sondern allein durch die Folgen ziehen muß, welche der Natur der Dinge nach aus seinem Betragen fließen müssen. Statt aller zusammengesetzteren und künstlicheren Mittel, Verbrechen zu verhüten, würde ich daher nie etwas anders als gute und durchdachte Gesetze, in ihrem absoluten Maße den Lokalumständen, in ihrem relativen dem Grade der Immoralität der Verbrecher genau angemessene Strafen, möglichst sorgfältige Aufsuchung jeder vorgefallenen Übertretung der Gesetze und Hinwegräumung aller Möglichkeit auch nur der Milderung der richterlich bestimmten Strafe vorschlagen. Wirkt dies freilich sehr einfache Mittel, wie ich nicht leugnen will, langsam, so wirkt es dagegen auch unfehlbar, ohne Nachteil für die Freiheit und mit heilsamem Einfluß auf den Charakter der Bürger. Ich brauche mich nun nicht länger bei den Folgen der hier aufgestellten Sätze zu verweilen, wie z. B. bei der schon öfter bemerkten Wahrheit, daß das Begnadigungs-, selbst das Milderungsrecht des Landesherrn gänzlich aufhören müßte. Sie lassen sich von selbst ohne Mühe daraus herleiten. Die näheren Veranstaltungen, welche der Staat treffen muß, um begangene Verbrechen zu entdecken oder erst beschlossenen zuvorzukommen, hängen fast ganz von individuellen Umständen spezieller Lagen ab. Allgemein kann hier nur bestimmt werden, daß derselbe auch hier seine Rechte nicht überschreiten und also keine der Freiheit und der häuslichen Sicherheit der Bürger überhaupt entgegenlaufende Maßregeln ergreifen darf. Hingegen kann er für öffentliche Orte, wo am leichtesten Frevel verübt werden, eigene Aufseher bestellen, Fiskale anordnen, welche, vermöge ihres Amts, gegen verdächtige Personen verfahren, und endlich alle Bürger durch Gesetze verpflichten, ihm in diesem Geschäfte behilflich zu sein und nicht bloß beschlossene und noch nicht begangene Verbrechen, sondern auch schon verübte und ihre Täter anzuzeigen. Nur muß er dies letztere, um nicht auf den Charakter der Bürger nachteilig zu wirken, immer nur als Pflicht fordern, nicht durch Belohnungen oder Vorteile dazu anreizen; und selbst von dieser Pflicht diejenigen entbinden, welche derselben kein Genüge leisten könnten, ohne die engsten Bande dadurch zu zerreißen.

Endlich muß ich noch, ehe ich diese Materie beschließe, bemerken, daß alle Kriminalgesetze, sowohl diejenigen, welche die Strafen, als diejenigen, welche das Verfahren bestimmen, allen Bürgern ohne Unterschied vollständig bekanntgemacht werden müssen. Zwar hat man verschiedentlich das Gegenteil behauptet und sich des Grundes bedient, daß dem Bürger nicht die Wahl gelassen werden müsse, mit dem Übel der Strafe gleichsam den Vorteil der gesetzwidrigen Handlung zu erkaufen. Allein – die Möglichkeit einer fortdauernden Verheimlichung auch einmal angenommen – so unmoralisch auch eine solche Abwägung in dem Menschen selbst wäre, der sie vornähme, so darf der Staat und überhaupt ein Mensch dem andren dieselbe doch nicht verwehren. Es ist im vorigen, wie ich hoffe, hinlänglich gezeigt worden, daß kein Mensch dem andren mehr Übel als Strafe zufügen darf, als er selbst durch das Verbrechen gelitten hat. Ohne gesetzliche Bestimmung müßte also der Verbrecher so viel erwarten, als er ohngefähr seinem Verbrechen gleich achtete; und da nun diese Schätzung bei mehreren Menschen zu verschieden ausfallen würde, so ist sehr natürlich, daß man ein festes Maß durch das Gesetz bestimme und daß also zwar nicht die Verbindlichkeit, Strafe zu leiden, aber doch die, bei Zufügung der Strafe nicht willkürlich alle Grenzen zu überschreiten, durch einen Vertrag begründet sei. Noch ungerechter aber wird eine solche Verheimlichung bei dem Verfahren zur Aufsuchung der Verbrechen. Da könnte sie unstreitig zu nichts andrem dienen, als Furcht vor solchen Mitteln zu erregen, die der Staat selbst nicht anwenden zu dürfen glaubt, und nie muß der Staat durch eine Furcht wirken wollen, welche nichts anders unterhalten kann, als Unwissenheit der Bürger über ihre Rechte oder Mißtrauen gegen seine Achtung derselben.

Ich ziehe nunmehr aus dem bisher vorgetragenen Räsonnement folgende höchste Grundsätze jedes Kriminalrechts überhaupt:

1. *Eins der vorzüglichsten Mittel zur Erhaltung der Sicherheit ist die Bestrafung der Übertreter der Gesetze des Staats. Der Staat darf jede Handlung mit einer Strafe belegen, welche die Rechte der Bürger kränkt, und, insofern er selbst allein aus diesem Gesichtspunkt Gesetze anordnet, jede, wodurch eines seiner Gesetze übertreten wird.*

*2. Die härteste Strafe darf keine andre als die nach den individuellen Zeit- und Ortverhältnissen möglichst gelinde sein. Nach dieser müssen alle übrige gerade in dem Verhältnis bestimmt sein, in welchem die Verbrechen, gegen welche sie gerichtet sind, Nichtachtung des fremden Rechts bei dem Verbrecher voraussetzen. So muß daher die härteste Strafe denjenigen treffen, welcher das wichtigste Recht des Staats selbst, eine minder harte denjenigen, welcher nur ein gleich wichtiges Recht eines einzelnen Bürgers gekränkt, eine noch gelindere endlich denjenigen, welcher bloß ein Gesetz übertreten hatte, dessen Absicht es war, eine solche bloß mögliche Kränkung zu verhindern.*

*3. Jedes Strafgesetz kann nur auf denjenigen angewendet werden, welcher dasselbe mit Vorsatz oder mit Schuld übertrat, und nur in dem Grade, in welchem er dadurch Nichtachtung des fremden Rechts bewies.*

*4. Bei der Untersuchung begangener Verbrechen darf der Staat zwar jedes dem Endzweck angemessene Mittel anwenden, hingegen keines, das den bloß verdächtigen Bürger schon als Verbrecher behandelte, noch ein solches, das die Rechte des Menschen und des Bürgers, welche der Staat auch in dem Verbrecher ehren muß, verletzte oder das den Staat einer unmoralischen Handlung schuldig machen würde.*

*5. Eigene Veranstaltungen, noch nicht begangene Verbrechen zu verhüten, darf sich der Staat nicht anders erlauben, als insofern dieselben die unmittelbare Begehung derselben verhindern. Alle übrige aber, sie mögen nun den Ursachen zu Verbrechen entgegenarbeiten oder an sich unschädliche, aber leicht zu Verbrechen führende Handlungen verhüten wollen, liegen außerhalb der Grenzen seiner Wirksamkeit. Wenn zwischen diesem und dem bei Gelegenheit der Handlungen des einzelnen Menschen aufgestellten Grundsatz ein Widerspruch zu sein scheint, so muß man nicht vergessen, daß dort von solchen Handlungen die Rede war, deren Folgen an sich fremde Rechte kränken können, hier hingegen von solchen, aus welchen, um diese Wirkung hervorzubringen, erst eine zweite Handlung entstehn muß. Verheimlichung der Schwangerschaft also, um dies an einem Beispiel deutlich zu machen, dürfte nicht aus dem Grunde verboten werden, den Kindermord zu verhüten (man müßte denn dieselbe schon als ein Zeichen des Vorsatzes zu demselben ansehen), wohl aber als eine Handlung, welche an sich und ohnedies dem Leben und der Gesundheit des Kindes gefährlich sein kann.*

## XIV

Alle Grundsätze, die ich bis hieher aufzustellen versucht habe, setzen Menschen voraus, die im völligen Gebrauch ihrer gereiften Verstandeskräfte sind. Denn alle gründen sich allein darauf, daß dem selbstdenkenden und selbsttätigen Menschen nie die Fähigkeit geraubt werden darf, sich nach gehöriger Prüfung aller Momente der Überlegung willkürlich zu bestimmen. Sie können daher auf solche Personen keine Anwendung finden, welche entweder, wie Verrückte oder gänzlich Blödsinnige, ihrer Vernunft so gut als gänzlich beraubt sind oder bei welchen dieselbe noch nicht einmal diejenige Reife erlangt hat, welche von der Reife des Körpers selbst abhängt. Denn so unbestimmt und, genau gesprochen, unrichtig auch dieser letztere Maßstab sein mag, so ist er doch der einzige, welcher allgemein und bei der Beurteilung des Dritten gültig sein kann. Alle diese Personen nun bedürfen einer im eigentlichsten Verstande positiven Sorgfalt für ihr physisches und moralisches Wohl, und die bloß negative Erhaltung der Sicherheit kann bei denselben nicht hinreichen. Allein diese Sorgfalt ist – um bei den Kindern, als der größesten und wichtigsten Klasse dieser Personen anzufangen – schon vermöge der Grundsätze des Rechts ein Eigentum bestimmter Personen, der Eltern. Ihre Pflicht ist es, die Kinder, welche sie erzeugt haben, bis zur vollkommenen Reife zu erziehen, und aus dieser Pflicht allein entspringen alle Rechte derselben als notwendige Bedingungen der Ausübung von jener. Die Kinder behalten daher alle ihre ursprünglichen Rechte auf ihr Leben, ihre Gesundheit, ihr Vermögen, wenn sie schon dergleichen besitzen, und selbst ihre Freiheit darf nicht weiter beschränkt werden, als die Eltern dies teils zu ihrer eignen Bildung, teils zur Erhaltung des nun neu entstehenden Familienverhältnisses für notwendig erachten und als sich diese Einschränkung nur auf die Zeit bezieht, welche zu ihrer Ausbildung erfordert wird. Zwang zu Handlungen, welche über diese Zeit hinaus und vielleicht aufs ganze Leben hin ihre unmittelbaren Folgen erstrecken, dürfen sich daher Kinder niemals gefallen lassen. Daher niemals z. B. Zwang zu Heiraten oder zu Erwählung einer bestimmten Lebensart. Mit der Zeit der Reife muß die elterliche Gewalt natürlich ganz und gar aufhören. Allgemein bestehen daher die Pflichten der Eltern darin, die Kinder teils durch persönliche Sorgfalt für ihr physisches und moralisches Wohl, teils durch Versorgung mit den notwendigen Mitteln in den Stand zu setzen, eine eigne Lebensweise nach ihrer jedoch durch ihre individuelle Lage beschränkten Wahl anzufangen; und die Pflichten der Kinder dagegen darin, alles dasjenige zu tun, was notwendig ist, damit die Eltern jener Pflicht ein Genüge zu leisten vermögen. Alles nähere Detail, die Aufzählung dessen, was diese Pflichten nun bestimmt in sich enthalten können und müssen, übergehe ich hier gänzlich. Es gehört in eine eigentliche Theorie der Gesetzgebung und würde auch nicht einmal ganz in dieser Platz finden können, da es großenteils von individuellen Umständen spezieller Lagen abhängt.

Dem Staate liegt es nun ob, für die Sicherheit der Rechte der Kinder gegen die Eltern Sorge zu tragen, und er muß daher zuerst ein gesetzmäßiges Alter der Reife bestimmen. Dies muß nun natürlich nicht nur nach der Verschiedenheit des Klimas und selbst des Zeitalters verschieden sein, sondern auch individuelle Lagen, je nachdem nämlich mehr oder minder Reife der Beurteilungskraft in denselben erfordert wird, können mit Recht darauf Einfluß haben. Hiernächst muß er verhindern, daß die väterliche Gewalt nicht über ihre Grenzen hinausschreite, und darf daher dieselbe mit seiner genauesten Aufsicht nicht verlassen. Jedoch muß diese Aufsicht niemals positiv den Eltern eine bestimmte Bildung und Erziehung der Kinder vorschreiben wollen, sondern nur immer negativ dahin gerichtet sein, Eltern und Kinder gegenseitig in den ihnen vom Gesetz bestimmten Schranken zu erhalten. Daher scheint es auch weder gerecht noch ratsam, fortdauernde Rechenschaft von den Eltern zu fordern; man muß ihnen zutrauen, daß sie eine Pflicht nicht verabsäumen werden, welche ihrem Herzen so nah liegt; und erst solche Fälle, wo entweder schon wirkliche Verletzungen dieser Pflicht geschehen oder sehr nah bevorstehen, können den Staat, sich in diese Familienverhältnisse zu mischen, berechtigen.

Nach dem Tode der Eltern bestimmen die Grundsätze des natürlichen Rechts minder klar, an wen die Sorgfalt der noch übrigen Erziehung fallen soll. Der Staat muß daher genau festsetzen, wer von den Verwandten die Vormundschaft übernehmen oder, wenn von diesen keiner dazu imstande ist, wie einer der übrigen Bürger dazu gewählt werden soll. Ebenso muß er die notwendigen Eigenschaften der Fähigkeit der Vormünder bestimmen. Da die Vormünder die Pflichten der Eltern übernehmen, so treten sie auch in alle Rechte derselben; da sie aber auf jeden Fall in einem minder engen Verhältnis zu ihren Pflegbefohlenen stehen, so können sie nicht auf ein gleiches Vertrauen Anspruch machen, und der Staat muß daher seine Aufsicht auf sie verdoppeln. Bei ihnen dürfte daher auch ununterbrochene Rechenschaftsablegung eintreten müssen. Je weniger positiven Einfluß der Staat auch nur mittelbar ausübt, desto mehr bleibt er den im vorigen entwickelten Grundsätzen getreu. Er muß daher die Wahl eines Vormunds durch die sterbenden Eltern selbst oder durch die zurückbleibenden Verwandten oder durch die Gemeine, zu welcher die Pflegbefohlnen gehören, soviel erleichtern, als nur immer die Sorgfalt für die Sicherheit dieser erlaubt. Überhaupt scheint es ratsam, alle eigentlich spezielle hier eintretende Aufsicht den Gemeinheiten zu übertragen; ihre Maßregeln werden immer nicht nur der individuellen Lage der Pflegbefohlnen angemessener, sondern auch mannigfaltiger, minder einförmig sein, und für die Sicherheit der Pflegbefohlnen ist dennoch hinlänglich gesorgt, sobald die Oberaufsicht in den Händen des Staats selbst bleibt.

Außer diesen Einrichtungen muß der Staat sich nicht bloß begnügen, Unmündige, gleich andren Bürgern, gegen fremde Angriffe zu beschützen, sondern er muß hierin auch noch weiter gehen. Es war nämlich oben festgesetzt worden, daß jeder über seine eignen Handlungen und sein Vermögen nach Gefallen freiwillig beschließen kann. Eine solche Freiheit könnte Personen, deren Beurteilungskraft noch nicht das gehörige Alter gereift hat, in mehr als *einer* Hinsicht gefährlich werden. Diese Gefahren nun abzuwenden ist zwar das Geschäft der Eltern oder Vormünder, welche das Recht haben, die Handlungen derselben zu leiten. Allein der Staat muß ihnen und den Unmündigen selbst hierin zu Hilfe kommen und diejenigen ihrer Handlungen für ungültig erklären, deren Folgen ihnen schädlich sein würden. Er muß dadurch verhindern, daß nicht eigennützige Absichten andrer sie täuschen oder ihren Entschluß überraschen. Wo dies geschieht, muß er nicht nur zu Ersetzung des Schadens anhalten, sondern auch die Täter bestrafen; und so können aus diesem Gesichtspunkt Handlungen strafbar werden, welche sonst außerhalb des Wirkungskreises des Gesetzes liegen würden. Ich führe hier als ein Beispiel den unehelichen Beischlaf an, den, diesen Grundsätzen zufolge, der Staat an dem Täter bestrafen müßte, wenn er mit einer unmündigen Person begangen würde. Da aber die menschlichen Handlungen einen sehr mannigfaltig verschiednen Grad der Beurteilungskraft erfordern und die Reife der letzteren gleichsam nach und nach zunimmt, so ist es gut, zum Behuf der Gültigkeit dieser verschiedenen Handlungen gleichfalls verschiedene Epochen und Stufen der Unmündigkeit zu bestimmen.

Was hier von Unmündigen gesagt worden ist, findet auch auf Verrückte und Blödsinnige Anwendung. Der Unterschied besteht nur darin, daß sie nicht einer Erziehung und Bildung (man müßte denn die Bemühungen, sie zu heilen, mit diesem Namen belegen), sondern nur der Sorgfalt und Aufsicht bedürfen; daß bei ihnen noch vorzüglich der Schaden verhütet werden muß, den sie andren zufügen könnten; und daß sie gewöhnlich in einem Zustande sind, in welchem sie weder ihrer persönlichen Kräfte noch ihres Vermögens genießen können, wobei jedoch nicht vergessen werden muß, daß, da eine Rückkehr der Vernunft bei ihnen immer noch möglich ist, ihnen nur die temporelle Ausübung ihrer Rechte, nicht aber diese Rechte selbst genommen werden können. Dies noch weiter auszuführen erlaubt meine gegenwärtige Absicht nicht, und ich kann daher diese ganze Materie mit folgenden allgemeinen Grundsätzen beschließen.

*1. Diejenigen Personen, welche entweder überhaupt nicht den Gebrauch ihrer Verstandeskräfte besitzen oder das dazu notwendige Alter noch nicht erreicht haben, bedürfen einer besondren Sorgfalt für ihr physisches, intellektuelles und moralisches Wohl. Personen dieser Art sind Unmündige und des Verstandes Beraubte. Zuerst von jenen, dann von diesen.*

*2. In Absicht der Unmündigen muß der Staat die Dauer der Unmündigkeit festsetzen. Er muß dieselbe, da sie ohne sehr wesentlichen Nachteil weder zu kurz noch zu lang sein darf, nach den individuellen Umständen der Lage der Nation bestimmen, wobei ihm die vollendete Ausbildung des Körpers zum ohngefähren Kennzeichen dienen kann. Ratsam ist es, mehrere Epochen anzuordnen und gradweise die Freiheit der Unmündigen zu erweitern und die Aufsicht auf sie zu verringern.*

*3. Der Staat muß darauf wachen, daß die Eltern ihre Pflichten gegen ihre Kinder – nämlich dieselben, so gut es ihre Lage erlaubt, in den Stand zu setzen, nach erreichter Mündigkeit eine eigne Lebensweise zu wählen und anzufangen – und die Kinder ihre Pflichten gegen ihre Eltern – nämlich alles dasjenige zu tun, was zur Ausübung jener Pflicht von seiten der Eltern notwendig ist – genau erfüllen, keiner aber die Rechte überschreite, welche ihm die Erfüllung jener Pflichten einräumt. Seine Aufsicht muß jedoch allein hierauf beschränkt sein, und jedes Bemühen, hiebei einen positiven Endzweck zu erreichen, z. B. diese oder jene Art der Ausbildung der Kräfte bei den Kindern zu begünstigen, liegt außerhalb der Schranken seiner Wirksamkeit.*

*4. Im Fall des Todes der Eltern sind Vormünder notwendig. Der Staat muß daher die Art bestimmen, wie diese bestellt werden sollen, sowie die Eigenschaften, welche sie notwendig besitzen müssen. Er wird aber gut tun, soviel als möglich die Wahl derselben durch die Eltern selbst vor ihrem Tode oder die übrigbleibenden Verwandten oder die Gemeine zu befördern. Das Betragen der Vormünder erfordert eine noch genauere und doppelt wachsame Aufsicht.*

*5. Um die Sicherheit der Unmündigen zu befördern und zu verhindern, daß man sich nicht ihrer Unerfahrenheit oder Unbesonnenheit zu ihrem Nachteil bediene, muß der Staat diejenigen ihrer allein für sich vorgenommenen Handlungen, deren Folgen ihnen schädlich werden könnten, für ungültig erklären und diejenigen, welche sie zu ihrem Vorteil auf diese Weise benutzen, bestrafen.*

*6. Alles, was hier von Unmündigen gesagt worden, gilt auch von solchen, die ihres Verstandes beraubt sind, nur mit den Unterschieden, welche die Natur der Sache selbst zeigt. Auch darf niemand eher als ein solcher angesehen werden, ehe er nicht nach einer unter Aufsicht des Richters durch Ärzte vorgenommenen Prüfung förmlich dafür erklärt ist; und das Übel selbst muß immer als möglicherweise wieder vorübergehend betrachtet werden.*

Ich bin jetzt alle Gegenstände durchgegangen, auf welche der Staat seine Geschäftigkeit ausdehnen muß; ich habe bei jedem die höchsten Prinzipien aufzustellen versucht. Findet man diesen Versuch zu mangelhaft, sucht man viele in der Gesetzgebung wichtige Materien vergebens in demselben, so darf man nicht vergessen, daß es nicht meine Absicht war, eine Theorie der Gesetzgebung aufzustellen – ein Werk, dem weder meine Kräfte noch meine Kenntnisse gewachsen sind –, sondern allein den Gesichtspunkt herauszuheben, inwiefern die Gesetzgebung in ihren verschiedenen Zweigen die Wirksamkeit des Staats ausdehnen dürfe oder einschränken müsse. Denn wie sich die Gesetzgebung nach ihren Gegenständen abteilen läßt, ebenso kann dieselbe auch nach ihren Quellen eingeteilt werden, und vielleicht ist diese Einteilung, vorzüglich für den Gesetzgeber selbst, noch fruchtbarer. Dergleichen Quellen oder – um mich zugleich eigentlicher und richtiger auszudrücken – Hauptgesichtspunkte, aus welchen sich die Notwendigkeit von Gesetzen zeigt, gibt es, wie mich dünkt, nur drei. Die Gesetzgebung im allgemeinen soll die Handlungen der Bürger und ihre notwendigen Folgen bestimmen. Der erste Gesichtspunkt ist daher die Natur dieser Handlungen selbst und diejenigen ihrer Folgen, welche allein aus den Grundsätzen des Rechts entspringen. Der zweite Gesichtspunkt ist der besondre Zweck des Staats, die Grenzen, in welchen er seine Wirksamkeit zu beschränken, oder der Umfang, auf welchen er dieselbe auszudehnen beschließt. Der dritte Gesichtspunkt endlich entspringt aus den Mitteln, welcher er notwendig bedarf, um das ganze Staatsgebäude selbst zu erhalten, um es nur möglich zu machen, seinen Zweck überhaupt zu erreichen. Jedes nur denkbare Gesetz muß einem dieser Gesichtspunkte vorzüglich eigen sein; allein keines dürfte ohne die Vereinigung aller gegeben werden, und gerade diese Einseitigkeit der Ansicht macht einen sehr wesentlichen Fehler mancher Gesetze aus. Aus jener dreifachen Ansicht entspringen nun auch drei vorzüglich notwendige Vorarbeiten zu jeder Gesetzgebung: 1. eine vollständige allgemeine Theorie des Rechts. 2. eine vollständige Entwickelung des Zwecks, den der Staat sich vorsetzen sollte, oder, welches im Grunde dasselbe ist, eine genaue Bestimmung der Grenzen, in welchen er seine Wirksamkeit halten muß; oder eine Darstellung des besondren Zwecks, welchen diese oder jene Staatsgesellschaft sich wirklich vorsetzt. 3. eine Theorie der zur Existenz eines Staats notwendigen Mittel, und da diese Mittel teils Mittel der innren Festigkeit, teils Mittel der Möglichkeit der Wirksamkeit sind, eine Theorie der Politik und der Finanzwissenschaften; oder wiederum eine Darstellung des einmal gewählten politischen und Finanzsystems. Bei dieser Übersicht, welche mannigfaltige Unterabteilungen zuläßt, bemerke ich nur noch, daß bloß das erste der genannten Stücke ewig und, wie die Natur des Menschen im ganzen selbst, unveränderlich ist, die andren aber mannigfaltige Modifikationen erlauben. Werden indes diese Modifikationen nicht nach völlig allgemeinen, von allen zugleich hergenommenen Rücksichten, sondern nach andren zufälligeren Umständen gemacht, ist z. B. in einem Staat ein festes politisches System, sind unabänderliche Finanzeinrichtungen, so gerät das zweite der genannten Stücke in ein sehr großes Gedränge, und sehr oft leidet sogar hiedurch das erste. Den Grund sehr vieler Staatsgebrechen würde man gewiß in diesen und ähnlichen Kollisionen finden.

So, hoffe ich, wird die Absicht hinlänglich bestimmt sein, welche ich mir bei der versuchten Aufstellung der obigen Prinzipien der Gesetzgebung vorsetzte. Allein auch unter diesen Einschränkungen bin ich sehr weit entfernt, mir irgend mit dem Gelingen dieser Absicht zu schmeicheln. Vielleicht leidet die Richtigkeit der aufgestellten Grundsätze im ganzen weniger Einwürfe, aber an der notwendigen Vollständigkeit, an der genauen Bestimmung mangelt es ihnen gewiß. Auch um die höchsten Prinzipien festzusetzen, und gerade vorzüglich zu diesem Zweck, ist es notwendig, in das genaueste Detail einzugehen. Dies aber war mir hier, meiner Absicht nach, nicht erlaubt, und wenn ich gleich nach allen meinen Kräften strebte, es in mir gleichsam als Vorarbeit zu dem wenigen zu tun, das ich hinschrieb, so gelingt doch ein solches Bemühen niemals in gleichem Grade. Ich bescheide mich daher gern, mehr die Fächer, die noch ausgefüllt werden müßten, gezeigt, als das Ganze selbst hinlänglich entwickelt zu haben. Indes wird doch, hoffe ich, das Gesagte immer hinreichend sein, meine eigentliche Absicht bei diesem ganzen Aufsatz noch deutlicher gemacht zu haben, die Absicht nämlich, daß der wichtigste Gesichtspunkt des Staats immer die Entwickelung der Kräfte der einzelnen Bürger in ihrer Individualität sein muß, daß er daher nie etwas andres zu einem Gegenstand seiner Wirksamkeit machen darf als das, was sie allein nicht selbst sich zu verschaffen vermögen, die Beförderung der Sicherheit, und daß dies das einzige wahre und untrügliche Mittel ist, scheinbar widersprechende Dinge, den Zweck des Staats im ganzen und die Summe aller Zwecke der einzelnen Bürger, durch ein festes und dauerndes Band freundlich miteinander zu verknüpfen.

## XV

Da ich jetzt vollendet habe, was mir bei der Übersicht meines ganzen Plans im vorigen nur allein noch übrigzubleiben schien, so habe ich nunmehr die vorliegende Frage in aller der Vollständigkeit und Genauigkeit beantwortet, welche mir meine Kräfte erlaubten. Ich könnte daher hier schließen, wenn ich nicht noch eines Gegenstandes erwähnen müßte, welcher auf das bisher Vorgetragene einen sehr wichtigen Einfluß haben kann, nämlich der Mittel, welche nicht nur die Wirksamkeit des Staats selbst möglich machen, sondern ihm sogar seine Existenz sichern müssen.

Auch um den eingeschränktesten Zweck zu erfüllen, muß der Staat hinlängliche Einkünfte haben. Schon meine Unwissenheit in allem, was Finanzen heißt, verbietet mir hier ein langes Räsonnement. Auch ist dasselbe dem von mir gewählten Plane nach nicht notwendig. Denn ich habe gleich anfangs bemerkt, daß ich hier nicht von dem Falle rede, wo der Zweck des Staats nach der Quantität der Mittel der Wirksamkeit, welche derselbe in Händen hat, sondern wo diese nach jenem bestimmt wird. Nur des Zusammenhangs willen muß ich bemerken, daß auch bei Finanzeinrichtungen jene Rücksicht des Zwecks der Menschen im Staate und der daher entspringenden Beschränkung seines Zwecks nicht aus den Augen gelassen werden darf. Auch der flüchtigste Blick auf die Verwebung so vieler Polizei- und Finanzeinrichtungen lehrt dies hinlänglich. Meines Erachtens gibt es für den Staat nur dreierlei Arten der Einkünfte: 1. die Einkünfte aus vorbehaltnem oder an sich gebrachtem Eigentum; 2. aus direkten und 3. aus indirekten Abgaben. Alles Eigentum des Staats führt Nachteile mit sich. Schon oben habe ich von dem Übergewichte geredet, welches der Staat als Staat allemal hat; und ist er Eigentümer, so muß er in viele Privatverhältnisse notwendig eingehen. Da also, wo das Bedürfnis, um welches allein man eine Staatseinrichtung wünscht, gar keinen Einfluß hat, wirkt die Macht mit, welche nur in Hinsicht dieses Bedürfnisses eingeräumt wurde. Gleichfalls mit Nachteilen verknüpft sind die indirekten Abgaben. Die Erfahrung lehrt, wie vielfache Einrichtungen ihre Anordnung und ihre Hebung voraussetzt, welche das vorige Räsonnement unstreitig nicht billigen kann. Es bleiben also nur die direkten übrig. Unter den möglichen Systemen direkter Abgaben ist das physiokratische unstreitig das einfachste. Allein – ein Einwurf, der auch schon öfter gemacht worden ist – eins der natürlichsten Produkte ist in demselben aufzuzählen vergessen worden, die Kraft des Menschen, welche, da sie in ihren Wirkungen, ihren Arbeiten bei unsren Einrichtungen mit zur Ware wird, gleichfalls der Abgabe unterworfen sein muß. Wenn man das System direkter Abgaben, auf welches ich hier zurückkomme, nicht mit Unrecht das schlechteste und unschicklichste aller Finanzsysteme nennt, so muß man indes auch nicht vergessen, daß der Staat, welchem so enge Grenzen der Wirksamkeit gesetzt sind, keiner großen Einkünfte bedarf und daß der Staat, der so gar kein eignes, von dem der Bürger geteiltes Interesse hat, der Hilfe einer freien, d. i. nach der Erfahrung aller Zeitalter wohlhabenden Nation gewisser versichert sein kann.

So wie die Einrichtung der Finanzen der Befolgung der im vorigen aufgestellten Grundsätze Hindernisse in den Weg legen kann, ebenso, und vielleicht noch mehr, ist dies der Fall bei der inneren politischen Verfassung. Es muß nämlich ein Mittel vorhanden sein, welches den beherrschenden und den beherrschten Teil der Nation miteinander verbindet, welches dem ersteren den Besitz der ihm anvertrauten Macht und dem letzteren den Genuß der ihm übriggelassenen Freiheit sichert. Diesen Zweck hat man in verschiedenen Staaten auf verschiedene Weise zu erreichen versucht, bald durch Verstärkung der gleichsam physischen Gewalt der Regierung – welches indes freilich für die Freiheit gefährlich ist –, bald durch die Gegeneinanderstellung mehrerer einander entgegengesetzter Mächte, bald durch Verbreitung eines der Konstitution günstigen Geistes unter der Nation. Dies letztere Mittel, wie schöne Gestalten es auch vorzüglich im Altertum hervorgebracht hat, wird der Ausbildung der Bürger in ihrer Individualität leicht nachteilig, bringt nicht selten Einseitigkeit hervor und ist daher am wenigsten in dem hier aufgestellten Systeme ratsam. Vielmehr müßte diesem zufolge eine politische Verfassung gewählt werden, welche sowenig als möglich einen positiven speziellen Einfluß auf den Charakter der Bürger hätte und nichts anders als die höchste Achtung des fremden Rechts, verbunden mit der enthusiastischsten Liebe der eignen Freiheit, in ihnen hervorbrächte. Welche der denkbaren Verfassungen dies nun sein möchte, versuche ich hier nicht zu prüfen. Diese Prüfung gehört offenbar allein in eine Theorie der eigentlichen Politik. Ich begnüge mich nur an folgenden kurzen Bemerkungen, welche wenigstens die Möglichkeit einer solchen

Verfassung deutlicher zeigen. Das System, das ich vorgetragen habe, verstärkt und vervielfacht das Privatinteresse der Bürger, und es scheint daher, daß eben dadurch das öffentliche geschwächt werde. Allein es verbindet auch dieses so genau mit jenem, daß dasselbe vielmehr nur auf jenes, und zwar wie es jeder Bürger – da doch jeder sicher und frei sein will – anerkennt, gegründet ist. So dürfte also doch gerade bei diesem System die Liebe der Konstitution am besten erhalten werden, die man sonst oft durch sehr künstliche Mittel vergebens hervorzubringen strebt. Dann trifft auch hier ein, daß der Staat, der weniger wirken soll, auch eine geringere Macht und die geringere Macht eine geringere Wehr braucht. Endlich versteht sich noch von selbst, daß, so wie überhaupt manchmal Kraft oder Genuß den Resultaten aufgeopfert werden müssen, um beide vor einem größeren Verlust zu bewahren, eben dies auch hier immer angewendet werden müßte.

So hätte ich denn jetzt die vorgelegte Frage, nach dem Maße meiner gegenwärtigen Kräfte, vollständig beantwortet, die Wirksamkeit des Staats von allen Seiten her mit den Grenzen umschlossen, welche mir zugleich ersprießlich und notwendig schienen. Ich habe indes dabei nur den Gesichtspunkt des Besten gewählt; der des Rechts könnte noch neben demselben nicht uninteressant scheinen. Allein wo eine Staatsgesellschaft wirklich einen gewissen Zweck, sichere Grenzen der Wirksamkeit freiwillig bestimmt hat, da sind natürlich dieser Zweck und diese Grenzen – sobald sie nur von der Art sind, daß ihre Bestimmung in der Macht der Bestimmenden lag – rechtmäßig. Wo eine solche ausdrückliche Bestimmung nicht geschehen ist, da muß der Staat natürlich seine Wirksamkeit auf diejenigen Grenzen zurückzubringen suchen, welche die reine Theorie vorschreibt, aber sich auch von den Hindernissen leiten lassen, deren Übersehung nur einen größeren Nachteil zur Folge haben würde. Die Nation kann also mit Recht die Befolgung jener Theorie immer so weit, aber nie weiter erfordern, als diese Hindernisse dieselbe nicht unmöglich machen. Dieser Hindernisse nun habe ich im vorigen nicht erwähnt; ich habe mich bis hieher begnügt, die reine Theorie zu entwickeln. Überhaupt habe ich versucht, die vorteilhafteste Lage für den

Menschen im Staat aufzusuchen. Diese schien mir nun darin zu bestehen, daß die mannigfaltigste Individualität, die originellste Selbständigkeit mit der gleichfalls mannigfaltigsten und innigsten Vereinigung mehrerer Menschen nebeneinander aufgestellt würde – ein Problem, welches nur die höchste Freiheit zu lösen vermag. Die Möglichkeit einer Staatseinrichtung, welche diesem Endzweck sowenig als möglich Schranken setzte, darzutun war eigentlich die Absicht dieser Bogen und ist schon seit längerer Zeit der Gegenstand alles meines Nachdenkens gewesen. Ich bin zufrieden, wenn ich bewiesen habe, daß dieser Grundsatz wenigstens bei allen Staatseinrichtungen dem Gesetzgeber als Ideal vorschweben sollte.

Eine große Erläuterung könnten diese Ideen durch die Geschichte und Statistik – beide auf diesen Endzweck gerichtet – erhalten. Überhaupt hat mir oft die Statistik einer Reform zu bedürfen geschienen. Statt bloße Data der Größe, der Zahl der Einwohner, des Reichtums, der Industrie eines Staats, aus welchen sein eigentlicher Zustand nie ganz und mit Sicherheit zu beurteilen ist, an die Hand zu geben, sollte sie, von der natürlichen Beschaffenheit des Landes und seiner Bewohner ausgehend, das Maß und die Art ihrer tätigen, leidenden und genießenden Kräfte und nun schrittweise die Modifikationen zu schildern suchen, welche diese Kräfte teils durch die Verbindung der Nation unter sich, teils durch die Einrichtung des Staats erhalten. Denn die Staatsverfassung und der Nationalverein sollten, wie eng sie auch ineinander verwebt sein mögen, nie miteinander verwechselt werden. Wenn die Staatsverfassung den Bürgern, seis durch Übermacht und Gewalt oder Gewohnheit und Gesetz, ein bestimmtes Verhältnis anweist, so gibt es außerdem noch ein andres, freiwillig von ihnen gewähltes, unendlich mannigfaltiges und oft wechselndes. Und dies letztere, das freie Wirken der Nation untereinander, ist es eigentlich, welches alle Güter bewahrt, deren Sehnsucht die Menschen in eine Gesellschaft führt. Die eigentliche Staatsverfassung ist diesem, als ihrem Zwecke, untergeordnet und wird immer nur als ein notwendiges Mittel und, da sie allemal mit Einschränkungen der Freiheit verbunden ist, als ein notwendiges Übel gewählt. Die nachteiligen Folgen zu zeigen, welche die Verwechselung der freien Wirksamkeit der Nation mit der erzwungenen der Staatsverfassung dem Genuß, den Kräften und dem Charakter der Menschen bringt, ist daher auch eine Nebenabsicht dieser Blätter gewesen.

## XVI

Jede Entwicklung von Wahrheiten, welche sich auf den Menschen und insbesondre auf den handlenden Menschen beziehen, führt auf den Wunsch, dasjenige, was die Theorie als richtig bewährt, auch in der Wirklichkeit ausgeführt zu sehen. Dieser Wunsch ist der Natur des Menschen, dem so selten der still wohltätige Segen bloßer Ideen genügt, angemessen, und seine Lebhaftigkeit wächst mit der wohlwollenden Teilnahme an dem Glück der Gesellschaft. Allein wie natürlich derselbe auch an sich und wie edel in seinen Quellen er sein mag, so hat er doch nicht selten schädliche Folgen hervorgebracht und oft sogar schädlichere als die kältere Gleichgültigkeit oder – da auch gerade aus dem Gegenteil dieselbe Wirkung entstehen kann – die glühende Wärme, welche, minder bekümmert um die Wirklichkeit, sich nur an der reinen Schönheit der Ideen ergötzt. Denn das Wahre, sobald es – wäre es auch nur in *einem* Menschen – tief eindringende Wurzeln faßt, verbreitet immer, nur langsamer und geräuschloser, heilsame Folgen auf das wirkliche Leben; da hingegen das, was unmittelbar auf dasselbe übergetragen wird, nicht selten bei der Übertragung selbst seine Gestalt verändert und nicht einmal auf die Ideen zurückwirkt. Daher gibt es auch Ideen, welche der Weise nie nur auszuführen versuchen würde. Ja für die schönste, gereifteste Frucht des Geistes ist die Wirklichkeit nie, in keinem Zeitalter, reif genug; das Ideal muß der Seele des Bildners jeder Art nur immer als unerreichbares Muster vorschweben. Diese Gründe empfehlen demnach auch bei der am mindesten bezweifelten, konsequentesten Theorie mehr als gewöhnliche Vorsicht in der Anwendung derselben; und um so mehr bewegen sie mich noch, ehe ich diese ganze Arbeit beschließe, so vollständig, aber zugleich so kurz, als mir meine Kräfte erlauben, zu prüfen, inwiefern die im vorigen theoretisch entwickelten Grundsätze in die Wirklichkeit übergetragen werden könnten. Diese Prüfung wird zugleich dazu dienen, mich vor der Beschuldigung zu bewahren, als wollte ich durch das Vorige unmittelbar der Wirklichkeit Regeln vorschreiben oder auch nur dasjenige mißbilligen, was demselben etwa in ihr widerspricht – eine Anmaßung, von der ich sogar dann entfernt sein würde, wenn ich auch alles, was ich vorgetragen habe, als völlig richtig und gänzlich zweifellos anerkennte.

Bei jeglicher Umformung der Gegenwart muß auf den bisherigen Zustand ein neuer folgen. Nun aber bringt jede Lage, in welcher sich die Menschen befinden, jeder Gegenstand, der sie umgibt, eine bestimmte, feste Form in ihrem Innren hervor. Diese Form vermag nicht in jede andre selbstgewählte überzugehen, und man verfehlt zugleich seines Endzwecks und tötet die Kraft, wenn man ihr eine unpassende aufdringt. Wenn man die wichtigsten Revolutionen der Geschichte übersieht, so entdeckt man ohne Mühe, daß die meisten derselben aus den periodischen Revolutionen des menschlichen Geistes entstanden sind. Noch mehr wird man in dieser Ansicht bestätigt, wenn man die Kräfte überschlägt, welche eigentlich alle Veränderungen auf dem Erdkreis bewirken, und unter diesen die menschlichen – da die der physischen Natur wegen ihres gleichmäßigen, ewig einförmig wiederkehrenden Ganges in dieser Rücksicht weniger wichtig und die der vernunftlosen Geschöpfe in eben derselben an sich unbedeutend sind – in dem Besitze des Hauptanteils erblickt. Die menschliche Kraft vermag sich in *einer* Periode nur auf *eine* Weise zu äußern, aber diese Weise unendlich mannigfaltig zu modifizieren; sie zeigt daher in jedem Moment eine Einseitigkeit, die aber in einer Folge von Perioden das Bild einer wunderbaren Vielseitigkeit gewährt. Jeder vorhergehende Zustand derselben ist entweder die volle Ursach des folgenden oder doch wenigstens die beschränkende, daß die äußern, andringenden Umstände nur gerade diesen hervorbringen können. Eben dieser vorhergehende Zustand und die Modifikation, welche er erhält, bestimmt daher auch, wie die neue Lage der Umstände auf den Menschen wirken soll, und die

Macht dieser Bestimmung ist so groß, daß diese Umstände selbst oft eine ganz andre Gestalt dadurch erhalten. Daher rührt es, daß alles, was auf der Erde geschieht, gut und heilsam genannt werden kann, weil die innere Kraft des Menschen es ist, welche sich alles, wie seine Natur auch sein möge, bemeistert, und diese innere Kraft in keiner ihrer Äußerungen, da doch jede ihr von irgendeiner Seite mehr Stärke oder mehr Bildung verschafft, je anders als – nur in verschiedenen Graden – wohltätig wirken kann. Daher ferner, daß sich vielleicht die ganze Geschichte des menschlichen Geschlechts bloß als eine natürliche Folge der Revolutionen der menschlichen Kraft darstellen ließe; welches nicht nur überhaupt vielleicht die lehrreichste Bearbeitung der Geschichte sein dürfte, sondern auch jeden auf Menschen zu wirken Bemühten belehren würde, welchen Weg er die menschliche Kraft mit Fortgang zu führen versuchen und welchen er niemals derselben zumuten müßte. Wie daher diese innre Kraft des Menschen durch ihre Achtung erregende Würde die vorzüglichste Rücksicht verdient, ebenso nötigt sie auch diese Rücksicht durch die Gewalt ab, mit welcher sie sich alle übrigen Dinge unterwirft.

Wer demnach die schwere Arbeit versuchen will, einen neuen Zustand der Dinge in den bisherigen kunstvoll zu verweben, der wird vor allem sie nie aus den Augen verlieren dürfen. Zuerst muß er daher die volle Wirkung der Gegenwart auf die Gemüter abwarten; wollte er hier zerschneiden, so könnte er zwar vielleicht die äußre Gestalt der Dinge, aber nie die innere Stimmung der Menschen umschaffen, und diese würde wiederum sich in alles Neue übertragen, was man gewaltsam ihr aufgedrungen hätte. Auch glaube man nicht, daß je voller man die Gegenwart wirken läßt, desto abgeneigter der Mensch gegen einen andren folgenden Zustand werde. Gerade in der Geschichte des Menschen sind die Extreme am nächsten miteinander verknüpft; und jeder äußre Zustand, wenn man ihn ungestört fortwirken läßt, arbeitet, statt sich zu befestigen, an seinem Untergange. Dies zeigt nicht nur die Erfahrung aller Zeitalter, sondern es ist auch der Natur des Menschen gemäß, sowohl des tätigen, welcher nie länger bei einem Gegenstand verweilt, als seine Energie Stoff daran findet, und also gerade dann am leichtesten übergeht, wenn er sich am ungestörtesten damit beschäftigt hat, als auch des leidenden, in welchem zwar die Dauer des Drucks die Kraft abstumpft, aber auch den Druck um so härter fühlen läßt. Ohne nun aber die gegenwärtige Gestalt der Dinge anzutasten, ist es möglich, auf den Geist und den Charakter der Menschen zu wirken, möglich, diesem eine Richtung zu geben, welche jener Gestalt nicht mehr angemessen ist; und gerade das ist es, was der Weise zu tun versuchen wird. Nur auf diesem Wege ist es möglich, den neuen Plan gerade so in der Wirklichkeit auszuführen, als man ihn sich in der Idee dachte; auf jedem andren wird er, den Schaden noch abgerechnet, den man allemal anrichtet, wenn man den natürlichen Gang der menschlichen Entwicklung stört, durch das, was noch von dem vorhergehenden in der Wirklichkeit oder in den Köpfen der Menschen übrig ist, modifiziert, verändert, entstellt. Ist aber dies Hindernis aus dem Wege geräumt, kann der neu beschlossene Zustand der Dinge, des vorhergehenden und der durch denselben bewirkten Lage der Gegenwart ungeachtet, seine volle Wirkung äußern, so darf auch nichts mehr der Ausführung der Reform im Wege stehn. Die allgemeinsten Grundsätze der Theorie aller Reformen dürften daher vielleicht folgende sein:

1. *Man trage Grundsätze der reinen Theorie allemal alsdann, aber nie eher in die Wirklichkeit über, als bis diese in ihrem ganzen Umfange dieselben nicht mehr hindert, diejenigen Folgen zu äußern, welche sie, ohne alle fremde Beimischung, immer hervorbringen würden.*

2. *Um den Übergang von dem gegenwärtigen Zustande zum neu beschlossenen zu bewirken, lasse man, so viel möglich, jede Reform von den Ideen und den Köpfen der Menschen ausgehen.*

Bei den im vorigen aufgestellten, bloß theoretischen Grundsätzen war ich zwar überall von der Natur des Menschen ausgegangen, auch hatte ich in demselben kein außerordentliches, sondern nur das gewöhnliche Maß der Kräfte vorausgesetzt; allein immer hatte ich ihn mir doch bloß in der ihm notwendig eigentümlichen Gestalt und noch durch kein bestimmtes Verhältnis auf diese oder jene Weise gebildet gedacht. Nirgends aber existiert der Mensch so, überall haben ihm schon die Umstände, in welchen er lebt, eine positive, nur mehr oder minder abweichende Form gegeben. Wo also ein Staat die Grenzen seiner Wirksamkeit nach den Grundsätzen einer richtigen Theorie auszudehnen oder einzuschränken bemüht ist, da muß er auf diese Form eine vorzügliche Rücksicht nehmen. Das Mißverhältnis zwischen der Theorie und der Wirklichkeit in diesem Punkte der Staatsverwaltung wird nun zwar, wie sich leicht voraussehen läßt, überall in einem Mangel an Freiheit bestehen, und so kann es scheinen, als wäre die Befreiung von Fesseln in jeglichem Zeitpunkt möglich und in jeglichem wohltätig. Allein wie wahr auch diese Behauptung an sich ist, so darf man nicht vergessen, daß, was als Fessel von der einen Seite die Kraft hemmt, auch von der andren Stoff wird, ihre Tätigkeit zu beschäftigen. Schon in dem Anfange dieses Aufsatzes habe ich bemerkt, daß der Mensch mehr zur Herrschaft als zur Freiheit geneigt ist, und ein Gebäude der Herrschaft freut nicht bloß den Herrscher, der es aufführt und erhält, sondern selbst die dienenden Teile erhebt der Gedanke, Glieder *eines* Ganzen zu sein, welches sich über die Kräfte und die Dauer einzelner Generationen hinauserstreckt. Wo daher diese Ansicht noch herrschend ist, da muß die Energie hinschwinden und Schlaffheit und Untätigkeit entstehen, wenn man den Menschen zwingen will, nur in sich und für sich, nur in dem Raume, den seine einzelnen Kräfte umspannen, nur für die Dauer, die er durchlebt, zu wirken. Zwar wirkt er allein auf diese Weise auf den unbeschränktesten Raum, für die unvergänglichste Dauer; allein er wirkt auch nicht so unmittelbar, er streut mehr sich selbst entwickelnden Samen aus, als er Gebäude aufrichtet, welche geradezu Spuren seiner Hand aufweisen, und es ist ein höherer Grad von Kultur notwendig, sich mehr an der Tätigkeit zu erfreuen, welche nur Kräfte schafft und ihnen selbst die Erzeugung der Resultate überläßt, als an derjenigen, welche unmittelbar diese selbst aufstellt. Dieser Grad der Kultur ist die wahre Reife der Freiheit. Allein diese Reife findet sich nirgends in ihrer Vollendung und wird in dieser – meiner Überzeugung nach – auch dem sinnlichen, so gern aus sich herausgehenden Menschen ewig fremd bleiben.

Was würde also der Staatsmann zu tun haben, der eine solche Umänderung unternehmen wollte? Einmal in jedem Schritt, den er neu, nicht in Gefolge der einmaligen Lage der Dinge täte, der reinen Theorie streng folgen, es müßte denn ein Umstand in der Gegenwart liegen, welcher, wenn man sie ihr aufpfropfen wollte, sie verändern, ihre Folgen ganz oder zum Teil vernichten würde. Zweitens alle Freiheitsbeschränkungen, die einmal in der Gegenwart gegründet wären, so lange ruhig bestehen lassen, bis die Menschen durch untrügliche Kennzeichen zu erkennen geben, daß sie dieselben als einengende Fesseln ansehen, daß sie ihren Druck fühlen und also in diesem Stücke zur Freiheit reif sind; dann aber dieselben ungesäumt entfernen. Endlich die Reife zur Freiheit durch jegliches Mittel befördern. Dies letztere ist unstreitig das Wichtigste und zugleich in diesem System das Einfachste. Denn durch nichts wird diese Reife zur Freiheit in gleichem Grade befördert als durch Freiheit selbst. Diese Behauptung dürften zwar diejenigen nicht anerkennen, welche sich so oft gerade dieses Mangels der Reife als eines Vorwandes bedient haben, die Unterdrückung fortdauern zu lassen. Allein sie folgt, dünkt mich, unwidersprechlich aus der Natur des Menschen selbst. Mangel an Reife zur Freiheit kann nur aus Mangel intellektueller und moralischer Kräfte entspringen; diesem Mangel wird allein durch Erhöhung derselben entgegengearbeitet; diese Erhöhung aber fordert Übung und die Übung Selbsttätigkeit erweckende Freiheit. Nur freilich heißt es nicht Freiheit geben, wenn man Fesseln löst, welche der noch nicht als solche fühlt, welcher sie trägt. Von keinem Menschen der Welt aber, wie verwahrlost er auch durch die Natur, wie herabgewürdigt durch seine Lage sei, ist dies mit allen Fesseln der Fall, die ihn drücken. Man löse also nach und nach gerade in eben der Folge, wie das Gefühl der Freiheit erwacht, und mit jedem neuen Schritt wird man den Fortschritt beschleunigen. Große Schwierigkeiten können noch die Kennzeichen dieses Erwachens erregen. Allein diese Schwierigkeiten liegen nicht sowohl in der Theorie als in der Ausführung, die freilich nie spezielle Regeln erlaubt, sondern, wie überall so auch hier, allein das Werk des Genies ist. In der Theorie würde ich mir diese freilich sehr schwierig verwickelte Sache auf folgende Art deutlich zu machen suchen.

Der Gesetzgeber müßte zwei Dinge unausbleiblich vor Augen haben: 1. die reine Theorie, bis in das genaueste Detail ausgesponnen, 2. den Zustand der individuellen Wirklichkeit, die er umzuschaffen bestimmt wäre. Die Theorie müßte er nicht nur in allen ihren Teilen auf das genaueste und vollständigste übersehen, sondern er müßte auch die notwendigen Folgen jedes einzelnen Grundsatzes in ihrem ganzen Umfange, in ihrer mannigfaltigen Verwebung und in ihrer gegenseitigen Abhängigkeit einer von der andren, wenn nicht alle Grundsätze auf einmal realisiert werden könnten, vor Augen haben. Ebenso müßte er – und dies Geschäft wäre freilich unendlich schwieriger – sich von dem Zustande der Wirklichkeit unterrichten, von allen Banden, welche der Staat den Bürgern und welche sie sich selbst, gegen die reinen Grundsätze der Theorie, unter dem Schutze des Staats auflegen, und von allen Folgen derselben. Beide Gemälde müßte er nun miteinander vergleichen, und der Zeitpunkt, einen Grundsatz der Theorie in die Wirklichkeit überzutragen, wäre da, wenn in der Vergleichung sich fände, daß, auch nach der Übertragung, der Grundsatz unverändert bleiben und noch eben die Folgen hervorbringen würde, welche das erste Gemälde darstellte; oder, wenn dies nicht ganz der Fall wäre, sich doch voraussehen ließe, daß diesem Mangel alsdann, wenn die Wirklichkeit der Theorie noch mehr genähert wäre, abgeholfen werden würde. Denn dies letzte Ziel, diese gänzliche Näherung müßte den Blick des Gesetzgebers unablässig an sich ziehen.

Diese gleichsam bildliche Vorstellung kann sonderbar und vielleicht noch mehr als das scheinen, man kann sagen, daß diese Gemälde nicht einmal treu erhalten, viel weniger noch die Vergleichung genau angestellt werden könne. Alle diese Einwürfe sind gegründet, allein sie verlieren sehr vieles von ihrer Stärke, wenn man bedenkt, daß die Theorie immer nur Freiheit verlangt, die Wirklichkeit, insofern sie von ihr abweicht, immer nur Zwang zeigt, die Ursach, warum man nicht Freiheit gegen Zwang eintauscht, immer nur Unmöglichkeit sein und diese Unmöglichkeit hier, der Natur der Sache nach, nur in *einem* von folgenden beiden Stücken liegen kann, entweder daß die Menschen oder daß die Lage noch nicht für die Freiheit empfänglich ist, daß also dieselbe – welches aus beiden Gründen entspringen kann – Resultate zerstört, ohne welche nicht nur keine Freiheit, sondern auch nicht einmal Existenz gedacht werden kann, oder daß sie – eine allein der ersteren Ursach eigentümliche Folge – die heilsamen Wirkungen nicht hervorbringt, welche sie sonst immer begleiten. Beides aber läßt sich doch nicht anders beurteilen, als wenn man beides, den gegenwärtigen und den veränderten Zustand, in seinem ganzen Umfang sich vorstellt und seine Gestalt und Folgen sorgfältig miteinander vergleicht. Die Schwierigkeit sinkt auch noch mehr, wenn man erwägt, daß der Staat selbst nicht eher umzuändern imstande ist, bis sich ihm gleichsam die Anzeigen dazu in den Bürgern selbst darbieten, Fesseln nicht eher zu entfernen, bis ihre Last drückend wird, daß er daher überhaupt gleichsam nur Zuschauer zu sein und, wenn der Fall, eine Freiheitsbeschränkung aufzuheben, eintritt, nur die Möglichkeit oder Unmöglichkeit zu berechnen und sich daher nur durch die Notwendigkeit bestimmen zu lassen braucht. Zuletzt brauche ich wohl nicht erst zu bemerken, daß hier nur von dem Falle die Rede war, wo dem Staate eine Umänderung überhaupt nicht nur physisch, sondern auch moralisch möglich ist, wo also die Grundsätze des Rechts nicht entgegenstehen. Nur darf bei dieser letzteren Bestimmung nicht vergessen werden, daß das natürliche und allgemeine Recht die einzige Grundlage alles übrigen positiven ist und daß daher auf dieses allemal zurückgegangen werden muß, daß folglich, um einen Rechtssatz anzuführen, welcher gleichsam der Quell aller übrigen ist, niemand jemals und auf irgendeine Weise ein Recht erlangen kann, mit den Kräften oder dem Vermögen eines andren ohne oder gegen dessen Einwilligung zu schalten.

Unter dieser Voraussetzung also wage ich es, den folgenden Grundsatz aufzustellen: *Der Staat muß in Absicht der Grenzen seiner Wirksamkeit den wirklichen Zustand der Dinge der richtigen und wahren Theorie insoweit nähern, als ihm die Möglichkeit dies erlaubt und ihn nicht Gründe wahrer Notwendigkeit daran hindern. Die Möglichkeit aber beruht darauf, daß die Menschen empfänglich genug für die Freiheit sind, welche die*

*Theorie allemal lehrt, daß diese die heilsamen Folgen äußern kann, welche sie an sich ohne entgegenstehende Hindernisse immer begleiten; die entgegenarbeitende Notwendigkeit darauf, daß die auf einmal gewährte Freiheit nicht Resultate zerstöre, ohne welche nicht nur jeder fernere Fortschritt, sondern die Existenz selbst in Gefahr gerät. Beides muß immer aus der sorgfältig angestellten Vergleichung der gegenwärtigen und der veränderten Lage und ihrer beiderseitigen Folgen beurteilt werden.* Dieser Grundsatz ist ganz und gar aus der Anwendung des oben, in Absicht aller Reformen aufgestellten (s. S. 197) auf diesen speziellen Fall entstanden. Denn sowohl wenn es noch an Empfänglichkeit für die Freiheit fehlt, als wenn die notwendigen erwähnten Resultate durch dieselbe leiden würden, hindert die Wirklichkeit die Grundsätze der reinen Theorie, diejenigen Folgen zu äußern, welche sie ohne alle fremde Beimischung immer hervorbringen würden. Ich setze auch jetzt nichts mehr zur weiteren Ausführung des aufgestellten Grundsatzes hinzu. Zwar könnte ich mögliche Lagen der Wirklichkeit klassifizieren und an ihnen die Anwendung desselben zeigen. Allein ich würde dadurch meinen eignen Prinzipien zuwiderhandlen. Ich habe nämlich gesagt, daß jede solche Anwendung die Übersicht des Ganzen und aller seiner Teile im genauesten Zusammenhange erfordert, und ein solches Ganze läßt sich durch bloße Hypothesen nicht aufstellen.

Verbinde ich mit dieser Regel für das praktische Benehmen des Staats die Gesetze, welche die im vorigen entwickelte Theorie ihm auflegte, so darf derselbe seine Tätigkeit immer nur durch die Notwendigkeit bestimmen lassen. Denn die Theorie erlaubte ihm allein Sorgfalt für die Sicherheit, weil die Erreichung dieses Zwecks allein dem einzelnen Menschen unmöglich und daher diese Sorgfalt allein notwendig ist, und die Regel des praktischen Benehmens bindet ihn streng an die Theorie, insofern nicht die Gegenwart ihn nötigt, davon abzugehn. So ist es also *das Prinzip der Notwendigkeit*, zu welchem alle in diesem ganzen Aufsatz vorgetragene Ideen wie zu ihrem letzten Ziele hinstreben. In der reinen Theorie bestimmt allein die Eigentümlichkeit des natürlichen Menschen die Grenzen dieser Notwendigkeit; in der Ausführung kommt die Individualität des wirklichen hinzu. Dieses Prinzip der Notwendigkeit müßte, wie es mir scheint, jedem praktischen, auf den Menschen gerichteten Bemühen die höchste Regel vorschreiben. Denn es ist das einzige, welches auf sichre, zweifellose Resultate führt. Das Nützliche, was ihm entgegengesetzt werden kann, erlaubt keine reine und gewisse Beurteilung. Es erfordert Berechnungen der Wahrscheinlichkeit, welche, noch abgerechnet, daß sie ihrer Natur nach nicht fehlerfrei sein können, Gefahr laufen, durch die geringsten unvorhergesehenen Umstände vereitelt zu werden; da hingegen das Notwendige sich selbst dem Gefühl mit Macht aufdringt und, was die Notwendigkeit befiehlt, immer nicht nur nützlich, sondern sogar unentbehrlich ist. Dann macht das Nützliche, da die Grade des Nützlichen gleichsam unendlich sind, immer neue und neue Veranstaltungen erforderlich, da hingegen die Beschränkung auf das, was die Notwendigkeit erheischt, indem sie der eignen Kraft einen größeren Spielraum läßt, selbst das Bedürfnis dieser verringert. Endlich führt Sorgfalt für das Nützliche meistenteils zu positiven, für das Notwendige meistenteils zu negativen Veranstaltungen, da – bei der Stärke der selbsttätigen Kraft des Menschen – Notwendigkeit nicht leicht anders als zur Befreiung von irgendeiner einengenden Fessel eintritt. Aus allen diesen Gründen – welchen eine ausführlichere Analyse noch manchen andren beigesellen könnte – ist kein andres Prinzip mit der Ehrfurcht für die Individualität selbsttätiger Wesen und der aus dieser Ehrfurcht entspringenden Sorgfalt für die Freiheit so vereinbar als eben dieses. Endlich ist es das einzige untrügliche Mittel, den Gesetzen Macht und Ansehen zu verschaffen, sie allein aus diesem Prinzip entstehen zu lassen. Man hat vielerlei Wege vorgeschlagen, zu diesem Endzweck zu gelangen; man hat vorzüglich, als das sicherste Mittel, die Bürger von der Güte und der Nützlichkeit der Gesetze überzeugen wollen. Allein auch diese Güte und Nützlichkeit in einem bestimmten Falle zugegeben, so überzeugt man sich von der Nützlichkeit einer Einrichtung nur immer mit Mühe; verschiedene Ansichten bringen verschiedene Meinungen hierüber hervor; und die Neigung selbst arbeitet der Überzeugung entgegen, da jeder, wie gern er auch das selbsterkannte Nützliche ergreift, sich doch immer gegen das ihm aufgedrungene sträubt. Unter das Joch der Notwendigkeit hingegen beugt jeder willig den Nacken. Wo nun schon einmal eine verwickelte Lage vorhanden ist, da ist die Einsicht selbst des Notwendigen schwieriger; aber gerade mit der Befolgung dieses Prinzips wird die Lage immer einfacher und diese Einsicht immer leichter.

Ich bin jetzt das Feld durchlaufen, das ich mir bei dem Anfange dieses Aufsatzes absteckte. Ich habe mich dabei von der tiefsten Achtung für die innere Würde des Menschen und die Freiheit beseelt gefühlt, welche allein dieser Würde angemessen ist. Möchten die Ideen, die ich vortrug, und der Ausdruck, den ich ihnen lieh, dieser Empfindung nicht unwert sein!